LE DUC DE VALMY

LE PASSÉ ET L'AVENIR

DE

L'ARCHITECTURE

PARIS

MICHEL LÉVY FRÈRES, LIBRAIRES-ÉDITEURS

RUE VIVIENNE, 2 BIS, ET BOULEVARD DES ITALIENS, 15,

A LA LIBRAIRIE NOUVELLE

—

M DCCC LXIV

LE PASSÉ ET L'AVENIR

DE

L'ARCHITECTURE

PARIS

IMPRIMERIE DE L. TINTERLIN ET Cᵉ

rue Neuve-des-Bons-Enfants, 3

LE DUC DE VALMY

LE PASSÉ ET L'AVENIR

DE

L'ARCHITECTURE

. . . . . Exemplaria Græca
Nocturnâ versate manu, versate diurnâ.

M · L

PARIS

MICHEL LÉVY FRÈRES, LIBRAIRES-ÉDITEURS

RUE VIVIENNE, 2 BIS, ET BOULEVARD DES ITALIENS, 15,

A LA LIBRAIRIE NOUVELLE

M DCCC LXIV

Sire,

Je viens d'écrire quelques considérations sur l'architecture d'un peuple qui vous a appelé à diriger ses destinées.

Permettez que je dédie à Votre Majesté, cet hommage rendu à la gloire d'un passé dont l'héritage vous est désormais confié.

Agréez,

Sire,

L'expression des sentiments respectueux avec lesquels

Je suis,

De Votre Majesté,

Le très-humble et très-obéissant serviteur,

LE DUC DE VALMY.

A Sa Majesté le Roi des Hellènes.

AVANT-PROPOS

Écrire sur l'Architecture ancienne et moderne, sans être ni architecte ni même artiste, pénétrer dans le domaine de l'art sans être muni du plus mince diplôme, si ce n'est celui de membre de la Commission des Embellissements de Paris, c'est en apparence faire acte de témérité. En réalité, c'est répondre à l'appel que M. le surintendant des Beaux-Arts vient d'adresser non-seulement aux artistes et aux critiques, mais encore aux simples amis de l'art [*].

L'empressement de l'auteur à répondre à cet appel, les voyages nombreux qu'il a faits en Italie et en Grèce, seront d'ailleurs, il ose l'espérer, des titres à l'indulgence du public.

[*] Voir à l'Appendice l'extrait du rapport de M. le surintendant des Beaux-Arts au Ministre de la maison de l'Empereur.

PREMIÈRE PARTIE

DE L'IMPUISSANCE DE L'ARCHITECTURE

CONTEMPORAINE

I

On demande souvent pourquoi l'architecture n'a pas créé, depuis un demi-siècle, un monument vraiment digne de notre civilisation, lorsque la peinture, la sculpture, la céramique et la gravure décorent nos demeures des œuvres les plus remarquables, et lorsque la science enrichit le domaine de l'art de tous les moyens d'exécution qu'elle a nouvellement créés ou qu'elle a retrouvés dans ses intelligentes recherches.

On déplore avec raison cette impuissance ; mais on l'attribue à des causes qui ne sont pas celles du mal, et on perd la trace du véritable remède.

C'est ainsi qu'on s'en prend, tantôt à l'esprit de spéculation qui s'est introduit dans l'architecture ; tantôt à l'absence de foi religieuse que l'on croit nécsssaire à la construction des monuments destinés aux cultes publics ; tantôt aux leçons de l'école des Beaux-Arts elle-même.

L'esprit de spéculation n'a pas l'influence qu'on veut bien lui reconnaître. Il y a, dans le caractère des architectes de notre époque, autant d'indépendance et de dignité qu'on a pu en rencontrer en d'autres temps. Le scepticisme religieux n'est pas non plus un obstacle aux grandes conceptions architecturales. Il en est d'une église comme d'un poëme. Les plus belles épopées ont rarement été écrites par des mains qui portaient l'épée ; le Camoëns et Th. Kœrner sont, je crois, depuis Tyrtée, les seuls poëtes qui aient pris part aux exploits qu'ils ont chantés. Il n'est pas besoin qu'une main ait porté la crosse

pour manier le compas et faire le plan d'une cathédrale.

Les architectes, comme tous les artistes, trouvent
leurs inspirations dans leur vocation et leur génie
plutôt que dans leurs croyances.

Quant à l'école des Beaux-Arts, si elle n'a pas
exercé sur les progrès de l'architecture l'influence
qu'on pouvait désirer, il ne serait pas juste de faire
peser sur elle la responsabilité de notre impuissance
dans cet art. Elle a fait de louables efforts pour
contenir le torrent du mauvais goût ; c'est tout ce
qui était dans la mesure de ses attributions et de sa
reconstitution organique de l'an IV.

J'aurai l'occasion de revenir sur ces questions
dans les développements qui suivront, et je dirai la
part d'influence qui revient à chacune. Je peux donc
aborder sans retard les principales causes du mal,
celles qui me semblent les plus profondes et les plus
nuisibles au progrès de l'architecture.

Je signalerai, avant tout, l'esprit de spécialité qui
a envahi le domaine des arts comme celui de l'in-

dustrie, et qui a fait descendre l'architecture du rang élevé qu'elle avait toujours occupé chez les peuples civilisés.

Lorsqu'on fait de l'homme une machine à fabriquer des épingles, on comprend qu'il importe de simplifier l'action pour permettre à l'ouvrier d'arriver plus vite à la perfection, et, par suite, au bon marché, qui est un des résultats les plus nécessaires en industrie ; mais, dans les arts, où l'intelligence doit jouer un rôle, où la façon est la moindre partie de l'œuvre, la spécialité ne saurait conduire qu'à l'imperfection.

On peut encore, dans une certaine mesure, comprendre la spécialité appliquée à la peinture et à la sculpture, parce que ces deux formes de l'art se trouvent souvent appelées à créer des œuvres indépendantes, des statues, des vases, des tableaux, sans destination monumentale ; mais, même dans ce cas, le peintre et le sculpteur atteindraient difficilement la perfection, s'ils ne possédaient des notions assez complètes de l'art en général, et s'ils se laissaient aller à des facilités de main qui nuisent aux grandes compositions.

En ce qui touche l'architecture, la spécialité est un véritable non-sens; elle n'a jamais pu exister que par un oubli des traditions les plus respectables, des principes les plus incontestés et des règles les plus élémentaires.

Dans les temps les plus reculés, ceux qui exécutaient la construction proprement dite, la maçonnerie, la charpente et la menuiserie, s'appelaient *tettorii ;* architecte voulait dire chef des *tettorii*, c'est-à-dire maître capable de diriger ceux qui concouraient à la construction d'un édifice, non-seulement charpentiers et maçons, mais encore sculpteurs et peintres.

L'architecture était l'art suprême qui embrassait tous les autres et qui les appelait à réaliser ses conceptions, c'est-à-dire à les édifier et à les décorer. C'était le foyer où s'animaient surtout la peinture et la sculpture, ses deux plus nobles satellites.

La peinture à fresque, la plus ancienne entre

toutes, a toujours été le complément nécessaire des édifices, depuis le temps des Babyloniens, qui passent pour l'avoir inventée, jusqu'aux jours où Raphaël animait les loges du Vatican par ses fresques immortelles, où Michel-Ange appelait les chrétiens au recueillement par l'image du jugement dernier retracé dans la chapelle Sixtine ; où le Guide faisait lever l'aurore dans le palais des princes Rospigliosi.

La sculpture et la statuaire faisaient également partie des édifices anciens ; la fête des Panathénées, qui se perpétuait sur les marbres du Parthénon, le combat des Centaures et des Lapithes, qui remplit la frise du temple de Thésée, ne sont-ils pas les compléments de ces édifices ?

C'est à l'architecte qu'appartenait l'inspiration des œuvres de la sculpture et de la peinture ; s'il en confiait l'exécution à d'autres mains, c'était comme un maître l'impose à ses élèves. Cette antique hiérarchie, qui remonte jusqu'aux premières époques de l'art, était encore reconnue du temps de Diderot, ainsi qu'il le constate dans un passage de ses œuvres.

II

L'histoire ne nous a pas conservé ce que les Grecs ont écrit sur l'architecture ; mais Vitruve, qui avait pu lire les auteurs anciens, dit que le plus célèbre des architectes grecs, ou du moins celui qu'il désignait comme tel, exigeait des connaissances infinies de la part des architectes. Vitruve lui-même, qui se dit moins exigeant à leur égard, demande toutefois qu'ils soient versés dans la connaissance des lettres et de l'histoire, aussi bien que dans l'art de la sculp-

ture, de la peinture et de la menuiserie ; il leur impose encore l'étude de la philosophie qui, seule,
selon lui, peut donner la hauteur de vues, la modestie et le désintéressement, sans lesquels il n'y a pas
de bons architectes.

Il est certain que, dans les siècles de Périclès et
d'Auguste, les grands architectes ont presque toujours été en même temps peintres et sculpteurs, et
qu'on est revenu à cette belle tradition depuis le
jour où la civilisation européenne renaissante a re-
mis l'architecture en honneur.

Cimabué, un des fondateurs de la peinture italienne, était bon architecte. Verocchio, qui remplit
le quinzième siècle de son nom, maniait également
le ciseau, le pinceau et le compas. Sansovino, qui
s'est rendu célèbre par les procuratives de Venise,
marchait l'égal de tous ces maîtres. Michel-Ange,
enfin, n'a-t-il pas été en même temps un grand architecte, un grand peintre et un grand sculpteur ?

Il n'a pas été donné à tous de créer des chefs-
d'œuvre en peinture et en sculpture ; mais il avait

été donné à tous de comprendre que, sans une connaissance approfondie de ces deux formes de l'art, nul ne pouvait exceller dans l'architecture.

Cette universalité de connaissances n'était, d'ailleurs, qu'une légitime conséquence du grand rôle que l'architecture était appelée à jouer dans les temps anciens. Graver sur les monuments la marche de la civilisation des peuples, écrire leurs superstitions sur les murs de leurs temples, leurs victoires et leurs revers sur les monuments publics, leurs mœurs sur les édifices particuliers, telle était la mission des architectes, et, pour la remplir, ce n'était pas trop de posséder les connaissances énumérées dans le programme tracé par Vitruve.

Si les halles de Memphis, le temple de Bélus, le portique de Ninive nous révèlent le caractère colossal de la civilisation des Égyptiens, des Babyloniens et des Assyriens ; si le temple de Delphes et le Parthénon d'Athènes rappellent éloquemment les ravissantes fictions de la civilisation hellénique , ces grandes pages d'histoire n'attestent pas moins la science que l'intelligence des architectes. Les monuments qu'ils ont élevés, expression fidèle de la civilisation et de l'état social de leurs contemporains, sont grands chez un grand peuple, élégants chez un peuple éclairé, vulgaires et grossiers chez un peuple barbare.

Vitruve raconte que les Grecs, vainqueurs des Perses, pour se venger des habitants de Caria, ville du Péloponèse qui avait fait cause commune avec les étrangers, massacrèrent les hommes et emmenèrent les femmes en esclavage. L'architecte chargé d'élever un monument commémoratif de cette vengeance, représenta les Cariatides, c'est-à-dire les femmes de Caria, supportant, sous forme de pilastre, le poids du monument.

On lit aussi dans Pausanias que, pour consacrer le souvenir d'une autre victoire des Grecs sur les Perses, un architecte représenta ceux-ci dans l'attitude qui avait été donnée aux femmes de Caria. C'est ainsi que le nom de *Perses* a été donné depuis aux figures d'homme, et le nom de *Cariatides* aux figures de femme formant pilastre dans un édi-

fice. La décoration, chez tous les peuples de l'antiquité, devenait une page d'histoire, un symbole de
triomphe et de défaite. Les historiens ne retraçaient
que sur des tablettes éphémères de cire et selon
leurs impressions personnelles, des faits qu'ils
avaient pu ignorer ; les architectes, au contraire,
écrivaient l'histoire sur des pages de marbre et sous
la dictée des peuples.

Toutes les traditions du génie hellénique, tous les
dogmes du paganisme étaient religieusement respec-
tés dans les constructions des anciens. Le choix
des emplacements et des ordres d'architecture était
toujours imposé par la destination des édifices. Les
temples de Vénus, de Mars et de Vulcain étaient
construits hors des murs, pour éloigner des regards
les images de la débauche et du feu. Ceux des dieux
tutélaires, comme Jupiter, Junon, Minerve, Mercure,
étaient, au contraire, élevés au sein des villes, pour
mieux leur assurer la protection de ces divinités.
Les temples d'Apollon et de Bacchus se plaçaient
près du théâtre, celui d'Hercule auprès du cirque,

celui d'Esculape dans le lieu le plus aéré et près d'une fontaine dont l'eau pure était un symbole d'hygiène.

Pour le style et la décoration des monuments, les Grecs s'inspiraient du caractère de la divinité à laquelle il était destiné. Les temples de Minerve, de Mars et d'Hercule se construisaient dans le style dorique, dont la solidité répondait aux qualités martiales de ces divinités. L'ordre corinthien, dont les ornements ont un cachet d'élégance et de grâce, était au contraire adopté pour les temples de Vénus, de Flore et des Muses. Enfin l'ordre ionique était préféré pour les temples de Junon, de Diane et de Bacchus, auxquels la gravité de l'ordre dorique et la délicatesse de l'ordre corinthien semblaient ne pas convenir aussi bien que la sobre élégance du premier.

III

On aimerait à trouver dans nos édifices modernes une trace de ces précieuses traditions, un emploi intelligent des styles d'architecture, un choix d'ornements motivé par le caractère et la destination des monuments; mais, sans se faire ici l'écho de la sévérité avec laquelle on juge les architectes de notre temps, on doit constater que la plupart ont dédaigné les leçons des grands maîtres.

Non-seulement les maisons particulières, mais

encore la plupart des monuments publics construits depuis le commencement de notre siècle, y compris les plus récents, ne justifient que trop cette observation.

L'édifice que je me permets de critiquer le premier entre tous, c'est celui qui a été élevé sur le quai Voltaire, pour servir de propylées aux monuments anciens qui composent le musée des Beaux-Arts. L'emplacement était favorable, la destination était noble; et, cependant, j'ai vu plus d'un homme de goût demander si cette façade était celle d'un grenier d'abondance. A voir les dimensions inusitées des baies, la forme extraordinaire qu'elles affectent, l'emploi de sculptures mal ajustées, on est obligé d'avouer que la proportion, l'harmonie, le style, c'est-à-dire toutes les conditions essentielles de la beauté d'un édifice, y font complétement défaut.

La nouvelle gare du chemin de fer du Nord, pour laquelle l'administration a fait de grands frais, ne répond pas mieux aux espérances qu'elle a pu faire naître. Sans m'arrêter à un examen détaillé de ce monument, je ne peux m'empêcher de condamner, au nom de l'art, cet immense arc inscrit dans un pignon placé en façade. Les ordres grecs, employés sous ce type du moyen âge, en font ressortir encore mieux la vulgarité. On serait même étonné de l'espacement étroit des colonnes doriques qui se pressent sous ce portique, si l'on n'était averti qu'il n'est pas destiné à servir d'issue aux voyageurs. Enfin, ce qui doit étonner tout homme de goût, c'est le piédestal placé à cheval sur le sommet du pignon, et, sur ce maigre piédestal, une femme et un aigle qui semblent s'y disputer la place.

Je sais bien qu'on peut citer à Rome plus d'un temple dont le fronton porte un piédestal et une statue, entre autres le temple de Nerva Trajan et le Panthéon d'Adrien lui-même ; mais je ferai remarquer plus loin que les chefs-d'œuvre de l'architecture romaine ne sont pas exempts d'imperfection, et je me contenterai de dire ici que le portique d'un temple ne saurait, dans aucun cas, servir de terme de comparaison ou de modèle pour la porte d'une voie de fer.

La salle du nouvel Opéra, qui se construit en ce moment, ne saurait être jugée définitivement; mais un modèle en relief de ce monument ayant été exposé au palais de l'Industrie, comme pour faire un appel à l'opinion, il me semble permis de reproduire ici une partie des observations que l'œuvre de M. Garnier m'a paru motiver.

Ce qui frappe surtout dans cet édifice, c'est le défaut d'unité et de proportion. Il est possible que le programme assez compliqué imposé à l'architecte soit la cause de cette imperfection; mais elle n'en est pas moins sensible, et il y a lieu de craindre que, malgré son talent, M. Garnier ne reste au-dessous de la tâche qu'il avait à remplir. Il est certain que le portique du nouvel Opéra se détache de l'édifice, au lieu de s'y relier par ses lignes principales d'architecture; d'un autre côté, le dôme qui couvre la salle ne la domine pas, suivant sa destination naturelle et la tradition : il est dominé, au contraire, par une immense toiture qui s'élève près de lui pour recouvrir la scène.

On comprend la surélévation de cette partie de l'édifice, en raison des exigences de la décoration intérieure; mais le procédé adopté par M. Garnier pour satisfaire à ces exigences, est des plus regrettables. Quoi de plus vulgaire, en effet, que cette immense toiture qui, malgré les ornements dont on l'a surchargée, ressemble à celle qui doit recouvrir une grange?

Le parti pris par M. Garnier pour masquer l'uniformité de ses façades latérales, est plus heureux, eu égard à l'extrême élégance des deux pavillons dont il a flanqué ces façades; mais il faut reconnaître que ce sont deux hors-d'œuvre, et qu'ils contribuent, dans une certaine mesure, au désaccord général qui caractérise le monument.

Enfin l'architecte, et c'est ici l'erreur la plus palpable entre toutes, a élevé au nord de l'édifice une maison d'habitation, une espèce de caserne, dont les proportions mesquines ressemblent à celles des maisons de location. Dire que cette partie jure avec l'ensemble, c'est à peine exprimer la sévérité des critiques qu'elle a soulevées. S'il était indispensable de réunir le logement des personnes de service à la salle de l'Opéra, de même qu'on croit utile d'annexer le presbytère à l'église, il fallait recourir à des moyens dignes de l'édifice, et ajouter au nouvel Opéra une construction qui méritât d'en faire partie.

Si l'on considère enfin la disposition générale de la salle de l'Opéra, on ne peut se dissimuler que l'architecte ne se soit mis en dehors de toutes les règles en plaçant sa façade à l'extrémité de son monument, de telle sorte qu'elle se trouve très-étroite, eu égard à l'importance des constructions, et leur donne la forme d'une église.

Cette façade, si étroite qu'elle soit, ne sera même jamais démasquée convenablement. On a obtenu de la Société immobilière, qui construit les maisons voisines, une modification de ses plans primitifs, et élargi la place qui s'ouvre devant le péristyle de

l'Opéra ; mais cette concession est restée insuffi-
sante. Il faudrait encore démolir une partie du
Grand-Hôtel, qui vient d'être construit, pour obtenir un résultat vraiment complet. On reculera
avec raison devant une telle extrémité, et on
se résignera à un état de choses qui compromet
l'effet du monument et stérilise en quelque sorte
les sacrifices accomplis en vue de créer un édifice
majestueux. Je n'admets pas que le Grand-Théâtre
de Bordeaux soit un monument parfait ; mais je
ne puis le considérer dans son ensemble, sans
lui donner la préférence sur la nouvelle salle de
l'Opéra.

Si je poursuivais cette revue des principaux édifices modernes, il me serait facile d'en signaler
beaucoup d'autres dont les imperfections ne sont
pas moins évidentes, et dont on ne saurait attribuer
la responsabilité à l'esprit de spéculation. La liberté
d'inspiration n'a pas même fait défaut aux architectes. S'ils ont été limités au point de vue de la
dépense, il ne faut pas oublier qu'un des principaux

mériles ambitionnés par les anciens maîtres était de construire avec économie ; c'était pour eux une règle d'épargner les deniers publics et non une entrave.

IV

Je dois revenir maintenant, mais en quelques mots seulement, sur l'influence qu'on attribue à l'absence présumée de conviction religieuse chez nos artistes.

L'histoire ne nous a pas appris que Phidias ou Appelle aient été sincèrement attachés au culte des dieux païens. Les Augures n'avaient pas le monopole de l'incrédulité. Les artistes et les philosophes ne se regardaient pas plus sérieusement entre eux que les Augures prédisant l'avenir d'après le vol, le chant et l'appétit des oiseaux. Ce n'est pas à la foi religieuse qu'il convient attribuer les chefs-d'œuvre que les Grecs nous ont légués ; ce n'est pas à la foi dans le culte de Diane et de Minerve qu'on doit les temples d'Éphèse et du Parthénon ; c'est à la foi des artistes grecs dans les règles qu'ils avaient créées. C'est leur culte pour les trois ordres, qui a couvert, avec une fécondité et une rapidité qui tiennent du prodige, le sol des petites républiques païennes des monuments que nous admirons. Ce n'est pas non plus la foi des artistes du moyen âge dans le culte chrétien qui a enfanté les chefs-d'œuvre de l'art gothique ; c'est la foi des architectes de ce temps dans la supériorité de l'art gothique lui-même.

Ce qu'avaient les artistes anciens de tous les temps et de tous les pays, ce qui manque aux artistes de notre époque, c'est la foi dans un principe, dans une règle de l'art, dans un type quelconque.

L'esprit de doute qui s'est emparé du domaine religieux, règne également dans le domaine des arts;

on croit à tout et on ne croit à rien. On adopte tour
à tour le style égyptien, le style grec, le style byzantin et le style gothique, comme des tentatives
plus ou moins bien réussies de l'art, et l'on n'est
guidé dans ce choix que par le goût ou la fantaisie
du moment. Là est la véritable cause du mal;
de là viennent la fatuité des uns, la licence des
autres et l'impuissance du plus grand nombre. On
ne respecte même pas les styles que l'on adopte ;
on les confond, on les défigure, on en bouleverse
les dispositions fondamentales, et cela s'appelle de
l'invention. Il serait plus juste de dire que ces compositions de l'architecture moderne ressemblent à
des traductions d'Homère et de Virgile hérissées de
solécismes et de barbarismes.

Si la peinture et la sculpture ont gardé quelque
supériorité dans leurs œuvres détachées, dans celles
qui constituent, comme je l'ai dit, leur patrimoine
personnel ; si, dans ce champ trop restreint, les mois-
sons ont été belles et ont fait honneur à notre siècle,
c'est évidemment parce que les règles du beau n'ont

pas été perdues pour ces deux formes de l'art.

L'École désignée aujourd'hui sous le nom de réaliste a fait plus d'une tentative pour égarer le goût des artistes et du public; mais le vulgaire lui-même ne s'y est pas trompé. Notre civilisation est trop avancée, nos musées sont trop riches en tableaux de tous genres, pour que les types grossiers de l'École réaliste aient pu soutenir la comparaison avec les chefs-d'œuvre qui ont été mis à la portée de tous les regards.

Quelques artistes de talent, entraînés par l'ambition peut-être, ont suivi les leçons de cette nouvelle École ; mais l'oubli des règles et des doctrines admises par le plus grand nombre a fait de rares prosélytes. Le culte de la forme et de ses règles est resté la loi commune et la source des plus belles créations.

Si l'architecture, au contraire, n'a pas encore produit, depuis un demi-siècle, un monument digne de notre civilisation et de la postérité, c'est parce que la règle du beau, la règle sans laquelle rien de grand ne saurait être créé, est perdue ou négligée par les architectes.

Lorsque Nicolas Poussin et Lebrun ont eu l'idée de fonder une école des Beaux-Arts, ils se sont préoccupés avant tout de la sculpture et de la peinture, et ont pu négliger l'architecture qui avait pris un vol d'aigle au signe du grand roi.

Lorsque la République, rendant hommage à l'institution de la royauté, rétablit l'École de Rome, un architecte de grand mérite, M. Vaudoyer, proposa un programme pour l'enseignement de l'architecture, un programme qui se rapprochait de celui de Vitruve, et imposait aux élèves une série d'études sérieuses et indispensables pour créer des artistes distingués.

Sans donner les règles de l'art, M. Vaudoyer traçait du moins la route qui devait y ramener ; mais on n'a pas même adopté son programme : on a subi l'influence des idées de liberté absolue qui faisaient dire au peintre David que « les écoles des Beaux-Arts étaient inutiles, et que son atelier était la meilleure école. »

De là la mission donnée à l'Académie des Beaux-
Arts de maintenir les principes, les doctrines et
l'excellence de l'art français (1), ce qui revient à
déclarer que tous les styles adoptés depuis Charle-
magne jusqu'à nos jours sont excellents ; que les
principes et les doctrines qui ont prévalu tour à
tour, pendant dix siècles, sont recommandables,
malgré les dissemblances qui les caractérisent.

En 1830 et en 1848, on a songé à reformer l'É-
cole que l'Académie dirigeait ; non pour déterminer
avec précision les doctrines et les principes de l'art,
mais pour donner une carrière plus libre à l'a-
narchie ; on refusait même à l'Académie de com-
battre la licence dans la mesure de ses trop faibles
droits et selon l'esprit plus ou moins classique de
son institution.

Si l'on réfléchit que l'impuissance de l'architecture date de l'époque même où l'Académie a été re-
constituée sur des bases qui répondaient à l'anarchie

(1) C'est dans ces termes que l'Académie elle-même définit sa mission. (Voir la protestation insérée au *Moniteur* du 6 janvier 1864.)

des esprits, on ne blâmera pas, j'espère, la tentative que je vais faire ici pour retrouver les véritables règles de l'art, celles qui peuvent rendre aux travaux de l'architecture française une heureuse impulsion et donner à notre civilisation un complément qui n'a jamais manqué à un grand peuple.

Je ne terminerai pas ce chapitre sans montrer où peut conduire l'oubli des règles de l'art, et je vais en citer ici un exemple fameux, devant lequel l'Académie ne serait pas restée muette pendant un quart de siècle, si elle s'était cru le droit de parler.

Chacun sait que la colonne de la place Vendôme a été imitée de la colonne Trajane. A l'exemple des Romains, qui honoraient leurs grands capitaines en plaçant leurs statues sur des colonnes triomphales, nous avons élevé, sous l'Empire, à la mémoire de la Grande-Armée et à celle de l'Empereur Napoléon, une colonne surmontée de la statue du vainqueur d'Arcole.

Fidèles à la tradition romaine, les artistes de cette époque avaient représenté Napoléon revêtu d'un costume héroïque, en harmonie avec le caractère du monument. La figure du César Français était comme celle du César Romain, la fidèle expression d'une auguste apothéose.

La réaction de 1815 ayant renversé la statue de Napoléon, la révolution de 1830 a voulu venger cet outrage en replaçant l'Empereur sur son piédestal ; mais au lieu d'adopter le costume impérial qui avait été donné à la première statue, les artistes de 1830 se sont cru le droit de revêtir la nouvelle statue d'une redingote et d'un chapeau, que la tradition avait rendus populaires ; c'était peut-être faire de la politique, mais ce n'était pas faire de l'art. Ce héros, en costume bourgeois, la tête couverte d'un chapeau à trois cornes, debout sur une colonne triomphale, était, pour me servir d'une expression peu sévère, la plus étrange anomalie.

Une personne, qui avait en même temps le culte des règles de l'art et celui de l'honneur du héros, Madame Mère, s'est exprimée sur cette licence dans des termes qui résument si bien ma thèse artistique,

que je ne puis résister au désir de les reproduire
ici : « L'art, a dit Madame Mère, est une chose
« sévère. En copiant les colonnes de Trajan ou
« d'Antonin, on se condamnait à les copier jusqu'au
« bout. Il est dans nos habitudes invétérées d'art
« et de goût de regarder notre colonne de bronze
« comme un monument romain ; c'est une forme
« admise que nous ne séparons pas de l'idée anti-
« que. Or, un simulacre moderne, enté sur l'an-
« tique, aura toujours quelque chose de choquant,
« d'incompatible avec les exigences de l'art (1). »

On vient de rendre au monument triomphal son
couronnement, au héros son véritable costume, et
j'applaudis à une restauration inspirée par le respect
de l'art et de la tradition ; mais je trouve dans cette
tardive restauration, un nouveau motif de conclure
que l'oubli des règles de l'art est la cause la plus
sérieuse de l'impuissance de l'architecture.

Ressusciter ces règles précieuses, en ranimer le

(1) C'est M. Méry qui rapporte ces paroles dans un de ses écrits.

culte, est donc une impérieuse nécessité de notre civilisation, un indispensable complément de ses progrès. Je n'ose me flatter d'atteindre seul un si noble but ; mais je vais essayer d'en frayer le chemin à des amis de l'art plus autorisés.

———————

DEUXIÈME PARTIE

LES TYPES DU BEAU

I

Existe-t-il une règle du beau dans les arts, un type d'une perfection accomplie incontestable? A cette question, il serait facile de répondre s'il s'agissait seulement de la peinture et la sculpture. De ce côté, la règle du beau est établie, le type existe, il est parfait, impérissable, car il est l'œuvre de Dieu. Ce type c'est l'homme lui-même, tel qu'il est sorti des mains du créateur, tel que la souveraine de tou-

tes les formes de l'art, la Grèce, l'a modelé aux jours
de sa plus haute civilisation.

Si l'on peut dire que les peuples qui se sont suc-
cédé depuis l'origine du monde, ont admis d'autres
types du beau, on peut affirmer que tous ces types
ont eu pour base, non l'harmonie et la proportion,
mais l'étrangeté et l'irrégularité des formes, et qu'on
ne peut les considérer que comme des beautés de
convention.

Si la race africaine conserve un type particulier,
c'est celui des difformités qui la caractérisent. Si
l'Égypte des Ptolémées s'était fait un autre type,
c'est en confondant, pour ainsi dire, les formes de la
race égyptienne avec celles de la race éthiopienne.
Si la Chine s'est créé un type auquel elle est restée
fidèle depuis plusieurs siècles, c'est en défigurant
l'œuvre du créateur, de la tête aux pieds; si le
moyen âge a eu son type particulier, c'est en lui
donnant la forme mystique et rêveuse qui répondait
à l'esprit du temps plutôt qu'aux véritables conditions de la beauté.

Peu importe que ces types aient eu pour admirateurs des générations successives, des hommes de
génie même ; on ne peut voir là qu'une preuve de
plus de la défaillance humaine, de l'infirmité de son
jugement et des inconséquences d'un goût qui varie
suivant les temps, les lieux et les climats.

La beauté vraie, la beauté invariable, la beauté
que l'on rencontre toujours la même à toutes les
grandes époques de la civilisation, la beauté que l'on
a perdue et retrouvée tant de fois, c'est, il faut le
répéter, la beauté telle que la Grèce et l'Italie l'ont
représentée pendant les siècles privilégiés de Périclès
et d'Auguste.

Le peuple grec comprenait si bien la beauté,
qu'il lui avait voué un culte. Il avait placé Vénus
au rang des dieux, il avait même inventé la fable
de Pâris, fils de Priam, le plus beau des mortels,
décernant le prix de la beauté que se disputaient
dans l'Olympe trois rivales, Vénus, Minerve et Junon.

Un auteur moderne a été plus loin encore sur ce

sujet que la Grèce elle-même ; il a considéré le culte de la beauté physique comme la source de la beauté morale chez les Grecs, comme le principe des lois qui les ont élevés au-dessus des autres peuples :

« C'est par le culte de la beauté, dit M. Louis « Menard, que ce peuple artiste s'est élevé à la « connaissance de la justice (1). »

Parmi les beautés de convention, on en peut citer qui ne manquaient pas de charme et qui devaient plaire, en raison même de leurs imperfections ; mais le jour est arrivé où l'idole, fille d'un caprice, a été brisée par un nouveau caprice.

Le vrai type du beau, au contraire, brisé matériellement sous la hache d'un Vandale, ou dénaturé par la main égarée d'un peuple en décadence, n'a jamais péri tout entier. Ce type, créé par Dieu, a survécu à toutes les révolutions, et il y survivra comme l'homme lui-même dont il est l'image jusqu'à la fin des siècles.

(1) M. Louis Menard. *De la Morale avant les Philosophes.*

La Grèce, qui, la première, a modelé ce type et rendu hommage à l'œuvre du Créateur, la Grèce peut dire de ses arts ce qu'Horace a dit de ses vers :

Non omnis moriar, meliora pars mei
Vitabit libitinam.

II

Ce que Dieu a donné à la peinture et à la sculpture n'a pas été donné à l'architecture. Celle-ci n'a pas reçu du Créateur le type du beau ; elle a dû le chercher depuis le jour où elle a élevé la cabane du premier pasteur jusqu'à celui où elle a construit les temples de Memphis, de Babylone et d'Athènes.

Si les architectes se sont égarés dans cette longue recherche, il ne faut pas s'en étonner : les sculpteurs et les peintres ne sont-ils pas eux-mêmes restés longtemps aveugles devant les perfections de la beauté que Dieu avait offert à leurs yeux.

Si l'architecture a adopté, à l'exemple de la peinture et de la sculpture, des beautés de convention ; si elle a été incertaine, hésitante, c'est pendant les siècles où ses deux plus nobles auxiliaires étaient enchaînés par les mêmes hésitations ; mais le jour où les arts, les sciences et les lettres ont enfanté leurs chefs-d'œuvre, l'architecture a créé son type et ses chefs-d'œuvre, elle est arrivée au but en même temps que tous, alors que sa route était la plus obscure et la plus ardue.

Les types qu'elle nous a légués, que l'Europe barbare avait ensevelis, et que nous avons retrouvés sous les ruines où se cachaient les types de la beauté humaine, l'Apollon et la Vénus ; les types du beau en architecture, ce sont les trois ordres helléniques : l'ordre dorique, l'ordre ionique et l'ordre corinthien.

L'usage semble, il est vrai, avoir ajouté l'ordre toscan et l'ordre composite aux trois ordres helléniques. Mais l'usage n'est pas toujours une règle sûre, et on comprendra facilement la méprise qu'il a consacrée, si l'on considère que les guerres et les invasions des barbares avaient mutilé et enseveli, pendant plusieurs siècles, les monuments de l'architecture grecque ; que, pour comble de malheur, les écrits des anciens maîtres avaient été perdus sans retour, et qu'il a fallu chercher au milieu des ruines répandues sur le sol de l'Italie les règles qui avaient été suivies en Grèce. Enfin, que c'est de nos jours seulement que la patrie de Phidias et d'Apelles a été explorée avec soin et que ses plus beaux trésors ont été découverts.

Ce qui constitue la primauté et l'originalité des trois ordres, c'est, si je peux m'exprimer ainsi, leur noble généalogie. Les noms qu'ils portent sont ceux des principales tribus helléniques, dont ils représentent avec fidélité les différents caractères. L'ordre dorique a toute la force de la tribu conquérante qui lui a donné son nom; l'ordre ionique rappelle la grâce de la molle Ionie, la plus riche et la plus

célèbre des colonies grecques ; enfin, l'ordre corinthien exprime la richesse artistique dont la ville de
Corinthe avait le privilége.

Si l'ordre toscan porte un nom de race, il faut
convenir que son originalité est médiocrement ca-
ractérisée. Il ressemble d'une manière frappante à
l'ordre dorique au berceau, moins les proportions
et l'harmonie qu'on trouve dans ce fils de l'art
grec.

Admettre l'ordre toscan comme type original et
accompli, ce serait presque dire qu'on mettra au
rang des types toutes les formes primitives et imparfaites de l'ordre dorique.

L'ordre composite n'a pas de nom de famille ; ce
n'est pas un enfant légitime. Il a la prétention de
renchérir sur l'ordre corinthien ; mais, comme l'explique très-bien son nom, l'ordre composite est un
composé de plusieurs ordres ; ce n'est pas une langue-
mère, c'est une langue dérivée du grec et du latin ;
c'est une expression des mille fantaisies qui peuvent
entrer dans l'esprit d'un architecte et des combinai-

sons infimes que la réunion des trois ordres permet d'enfanter ; ce n'est pas un original, c'est une copie ; ce n'est pas un principe, c'est une conséquence.

L'ordre composite, tel qu'il est enseigné dans quelques écoles, est assurément une ingénieuse association de deux ordres types ; mais l'admettre comme type fondamental, c'est ouvrir la porte à des essais malheureux.

L'expérience des siècles ne peut laisser aucun doute à cet égard. La confusion qui s'est établie depuis la Renaissance, les licences que les architectes ont cru pouvoir prendre vis-à-vis de l'art grec, les caricatures, qu'on me permette de le dire, qu'ils en ont données, attestent que l'ordre composite a été et sera toujours la source du désordre dans l'architecture grecque.

Enfin, il est certain que l'ordre toscan et l'ordre composite sont d'origine latine ; on peut même dire qu'ils n'ont jamais été employés par les Romains dans les monuments d'un ordre supérieur. Philibert Delorme et Sébastien Serlio ont pensé tous deux l'avoir vu au Colysée, et ils ont même cru en rapporter le dessin. Mais ils se sont trompés; car ce sont des ordres corinthiens superposés qu'on rencontre dans ce monument. La corniche de l'ordre supérieur qui couronne cet admirable colosse diffère de celle de l'ordre inférieur; mais les chapiteaux sont du même ordre, ainsi que Scamozzi l'a fait justement remarquer.

L'ordre toscan et l'ordre composite n'étant pas d'origine grecque, je suis forcé, dans tous les cas, de les exclure du nombre des ordres-types. C'est de l'art grec, en effet, qu'il s'agit ici et non de l'art romain. C'est la tradition du peuple qui a excellé dans tous les arts que je veux proposer aux âges futurs comme le modèle le plus parfait, en attendant qu'il ait été donné à quelque homme de génie de créer, si c'est possible, un nouveau type d'architecture digne d'être préféré à celui que nous a légué la Grèce.

Mais ici je dois aller au devant d'une méprise qui a eu lieu trop souvent à propos de l'art grec.

III

Lorsqu'on parle des trois ordres, on croit généralement qu'ils s'appliquent seulement à la construction d'un temple ou d'un édifice orné de colonnes.

Envisager ainsi les ordres de l'architecture grecque, c'est en méconnaître la valeur réelle.

Je ne répéterai pas avec Vitruve que l'ordre dorique doit être comparé à l'Hercule dont il exprime la force ; l'ordre ionique à une jolie femme dont la chevelure et les tresses se trouvent reproduites dans les volutes du chapiteau, dont la taille élégante se reflète dans le fût de la colonne et la tunique ondulée dans les cannelures qui l'enveloppent ; mais, sans admettre ces fictions ou celles qu'une aveugle admiration a inspirées aux premiers architectes qui ont exhumé tout à coup l'art grec des ruines du moyen âge ; sans prétendre que l'ordre dorique ait été tracé par un prince d'Achaïe, du nom de Dorus ; que la lyre d'Apollon ait été prise pour modèle des triglyphes ; que ce soient des dieux et non des hommes qui aient donné les règles de l'architecture hellénique, il reste incontestable qu'elles ont été admises et suivies avec une gloire sans rivale dans les siècles les plus civilisés qui aient précédé notre ère. Les peuples qui ont surpassé tous les autres dans les arts, les sciences et les lettres, n'ont jamais adopté que ces modèles pour élever les monuments dont la solidité, l'élégance et la richesse n'ont jamais été surpassés.

Il ne suffit donc pas de voir dans les trois ordres des modèles de colonnes, il faut y voir, en même temps, tous les éléments d'une construction quelconque. On peut trouver, en effet, depuis la base sur laquelle repose chaque ordre, jusqu'à la cimaise qui en couronne la corniche, des modèles d'astragale, de larmier, de plinthe, de congé, de tailloir, de frise, en un mot, de tout ce qui peut être nécessaire à l'ornement d'un édifice.

J'aurai recours à une image moins poétique, mais plus fidèle que celle de Vitruve, en comparant ces divers éléments à l'alphabet ou au dictionnaire d'une langue, et l'ordre qui réunit ces éléments, qui en règle la proportion et l'harmonie, à la syntaxe, qui donne l'élégance et la correction au langage. Il est permis à chacun de choisir entre la syntaxe dorique, la syntaxe ionienne et la syntaxe corinthienne, selon les effets qu'il veut produire. Tout se trouve dans les ordres grecs pour quiconque les étudie avec intelligence : on peut affirmer que c'est *l'alpha* et *l'oméga* de l'art.

Je me hâte de dire que je ne parle pas ici des trois ordres maltraités ou défigurés par les architectes de tous les temps, ni des ordres que les archi-

4

tectes italiens ont eu la prétention de donner pour
des modèles anciens, ni même de ceux dont on peut
trouver des spécimen, soit dans des monuments
grecs d'une haute antiquité, soit dans des monu
ments plus modernes. Le temple de Vénus, à Corinthe, dont les colonnes ont seulement quatre diamètres de hauteur, et dont le fût tronqué pose sans
base sur le sol, peut être cité comme exemple des
proportions de l'art grec dans sa simplicité origi-
nelle, mais non comme un modèle digne d'être imité.
On comprend que la première colonne, faite d'un
tronc d'arbre, ait pu avoir ces formes imparfaites ;
mais on comprendra également que le progrès de
l'art ait dû les modifier et donner à la colonne les proportions harmonieuses que l'on connaît aujourd'hui.

Si quelques architectes grecs et romains, du
temps de Périclès et d'Auguste, se sont renfermés
dans les proportions de l'art primitif, il faut attribuer cette erreur au respect aveugle qu'ils profes-
saient pour l'art ancien, au risque de tomber dans
ses imperfections.

Les trois ordres qu'on peut considérer aujourd'hui comme les vrais types du beau entre tous ceux qui nous ont été transmis par les différents auteurs, ce sont les ordres dont la forme et la mesure ont été données par Palladio, par l'architecte de la Renaissance qui a réuni le talent le plus distingué à l'étude la plus consciencieuse de l'antiquité.

Vitruve, qui a précédé Palladio et qui avait eu la bonne fortune d'étudier les notions de l'art dans les ouvrages des Grecs, Vitruve a été influencé dans ses jugements par la tendance de son temps et par l'amour de son pays ; l'orgueil du nom romain et le spectacle des monuments que l'École latine avait élevés, obscurcissaient sa vue, ou du moins troublaient son impartialité.

Palladio, au contraire, n'était ni Grec ni Latin ; enfant privilégié de la civilisation italienne, il a pu librement faire un choix entre les ordres plus ou moins parfaits, plus ou moins défigurés, qui avaient été retrouvés au seizième siècle sous le sol de l'Italie. A côté de Palladio vivaient des hommes d'un grand mérite, Scamozzi et Barbaro, dont les opinions se confondaient avec les siennes et les fortifiaient de toute leur autorité personnelle.

Vignole, dont la réputation est peut-être plus populaire en France et même en Italie, est loin d'égaler Palladio. Vignole n'avait pas fait des études aussi sérieuses et aussi approfondies que son émule de Vicence; c'est pourquoi on le voit donner à ses frises et à ses architraves des proportions que condamnent les lois de l'harmonie.

Philibert Delorme, dont la France est fière à juste titre, est resté cependant loin de Palladio et même de Vignole. Philibert était habile dans la conduite d'une construction, mais peu versé dans la connaissance de l'art grec; il l'avait vu avec des yeux gothiques, comme l'a dit un de ses contemporains; il a changé à sa guise les proportions des trois ordres, et il les a grandement défigurés en altérant leur précieuse harmonie.

En peinture, tout le monde comprend facilement que le type du beau est détruit, lorsqu'une figure a les yeux trop petits ou le buste trop long. Le peuple grec avait donné le sobriquet de *Longue-Main* au fils de Xercès, chez lequel on remarquait cette espèce de difformité. En architecture, il faut reconnaître, comme en peinture et en sculpture, que la proportion et l'harmonie sont des règles absolues, et qu'un entablement, égalant le quart de la hauteur d'une colonne, lorsque le style grec a prescrit le cinquième, est une difformité aussi bien que la main d'Artaxercès.

Je n'ai pas l'intention de faire ici un cours d'architecture, ni de donner la mesure des colonnes et de leurs chapiteaux, pas plus que la dimension des corniches, des architraves et des frises. Cependant, pour prouver que Palladio avait profondément étudié l'art grec, je dois rappeler les conseils qu'il a donnés pour tracer la volute de l'ordre ionique. Cet ornement, qui est, à vrai dire, le principal de cet ordre, n'a pas toujours été composé avec un sentiment vrai de l'art. On peut rencontrer des volutes qui laissent beaucoup à désirer dans les meil-

leurs édifices, notamment dans le temple de la Fortune virile, un des plus parfaits de l'École romaine.

Palladio s'est servi du compas pour donner la précision nécessaire à la volute, et il en a ramené le
tracé à deux figures géométriques, au moyen desquelles il est facile de composer une volute irrépro-
chable.

Palladio a fait plus ; il a, qu'on me permette
de le dire, découvert le mètre, ou du moins le procédé qui a servi à créer ce précieux étalon.

Lorsque l'Académie des Sciences fut chargée de
trouver le meilleur système de mesure, elle a pris
pour base de l'unité une section du méridien terrestre,
la dix-millionième partie, et elle en a composé le
mètre. Ce qu'elle a fait pour trouver la mesure uni-
taire applicable au globe terrestre, Palladio l'avait
déjà fait pour donner l'unité de mesure des ordres
grecs, en prenant la soixantième partie du diamètre
de la colonne et en donnant le nom de module à
cette mesure.

Ces procédés, non moins ingénieux que savants, démontrent que Palladio avait sérieusement analysé les modèles antiques, et qu'il possédait toutes les connaissances nécessaires pour les bien juger. C'est ainsi qu'il nous a donné le droit, je dirai même imposé le devoir, d'accorder la préférence aux trois ordres tels qu'il les a rétablis, d'après l'étude des anciens.

Enfin, Palladio avait orné Vicence, sa patrie, de monuments si remarquables, qu'on peut dire de lui ce qu'on dit des hommes vraiment supérieurs : il réunissait au talent d'enseigner celui de mettre en œuvre, *fortis consilio manuque.*

L'application, ou pour mieux dire l'interprétation vraiment intelligente des trois ordres, est d'autant plus difficile aujourd'hui, que nous ne possédons pas les écrits des auteurs grecs qui les ont enseignés. A défaut de ces écrits précieux, rédigés par des hommes de génie, j'ai pensé qu'il serait périlleux de suivre la méthode des auteurs qui ont cru devoir recourir indistinctement aux œuvres mêmes qui nous restent de la belle époque hellénique ; car tout n'était pas parfait alors ; on peut dire de Phidias lui-même, ce qu'on a dit d'Homère : *Quandoque bonus dormitat.*

Je crois avoir pris le parti le plus sage en proposant de suivre les préceptes d'un maître qu'on pût considérer comme l'écho fidèle et intelligent des auteurs grecs, d'un maître surtout qui avait vécu à l'époque où les républiques italiennes, dignes émules des républiques grecques, se passionnaient pour les beaux-arts et plaçaient l'architecture au premier rang ; d'un maître, enfin, dont la patrie avait brillé, entre toutes, d'un éclat vraiment hellénique. La supériorité de Vicence à cet égard est constatée par Palladio dans des termes qu'on me permettra de reproduire ici à l'honneur de ce grand maître et de sa patrie :

« On peut y voir, écrivait-il dans son Traité d'ar-
« chitecture, quantité de beaux bâtiments qui sont
« les ouvrages d'un grand nombre de gentilshommes
« qu'elle a portés, et lesquels se sont rendus si intel-

« ligents en l'art de bâtir, qu'ils peuvent bién être
« mis au rang de nos meilleurs maîtres, comme le
« Seigneur Jean-Georges Trissin, l'honneur de ce
« siècle, les seigneurs comtes Marc-Antoine et Adrian
« frères de Thiènes, le chevalier Anténor Pagello et
« quelques autres, qui ont laissé, après leur mort,
« de si nobles monuments que leur mémoire sera
« éternelle. Nous avons le seigneur Fabio Monza,
« consommé en la connaissance de beaucoup de
« choses, le seigneur Elio de Belli, fils de Valério,
« célèbre ouvrier en camayeux et à tailler le cristal,
« Antoine Francesco Oliviéra, lequel, outre l'intelli-
« gence qu'il a de diverses sciences, est encore ar-
« chitecte et poëte excellent, comme il l'a fait voir
« en un poëme héroïque, intitulé : *l'Allemagne*, et
« en une maison qu'il a bâtie à Boschi di Nanto, lieu
« du Vicentin. »

Avant de terminer cet exposé de l'art grec, il faut
rappeler qu'il a légué à l'architecture un complément précieux des trois ordres. Il a créé, en outre,
ou pour mieux dire appliqué le cintre; les archi-

tectes grecs ont compris qu'en prenant une section égale à la moitié du cercle d'une colonne, ils formeraient un arc solide au-dessus du vide, et obtiendraient des baies élégantes pour donner l'accès et la lumière aux édifices. Quand on songe que les Égyptiens et les Assyriens n'ont jamais pu obtenir des portiques qu'au moyen de fortes et lourdes architraves, on comprend le service rendu à l'architecture par les Grecs. Les arcs-de-triomphe, qui forment assurément une des belles conceptions de l'architecture, sont donc un héritage de l'art grec, bien que les Romains paraissent avoir appliqué les premiers le cintre à ces monuments commémoratifs. En un mot, on peut dire que la richesse et la variété des éléments de l'art grec ont permis de donner aux édifices la grâce, la régularité et la perfection, qui sont les caractères du vrai beau.

IV

Il faut le confesser, toutefois, le type de la beauté
architecturale n'a pas reçu de ses inventeurs le
privilége que Dieu a donné à son œuvre; il n'est
pas absolu et infini comme le type de la beauté
humaine.

Il ne suffit pas d'apprendre les proportions d'un
ordre, pour les appliquer à un édifice. La géométrie
et l'algèbre peuvent donner des mesures exactes
de ces proportions; mais l'architecture n'est pas

une science exacte, c'est un art, et le plus difficile de tous, car il les résume tous.

Les équations algébriques peuvent servir tout au plus à composer, avec une colonne ordinaire, une colonne Antonine ou une colonne Trajane. Quand il s'agit d'un monument et de toutes ses parties, c'est le génie qui doit donner l'équation, et transporter dans son œuvre la proportion et l'harmonie dont les lois générales sont écrites dans les trois ordres.

Le type de la beauté humaine est un modèle complet qu'il suffit de copier ; les trois ordres ne sont pas des modèles du même caractère, ce sont, comme je l'ai dit, des syntaxes et des alphabets. Dans la main du génie, la syntaxe et l'alphabet produisent des effets harmonieux et sublimes ; dans des mains incapables, ils produisent des effets discordants et vulgaires, des non-valeurs littéraires.

Il en est de même en architecture ; il ne suffit pas de savoir copier, il faut savoir créer avec les éléments qu'on peut emprunter aux trois ordres ; là est l'écueil, mais là aussi est le triomphe de l'art.

Voilà pourquoi Vitruve demandait aux architectes des connaissances si variées ; pourquoi les grands architectes sont plus rares que les grands peintres et les grands sculpteurs ; et pourquoi, dans les républiques grecques, l'architecture était en si haute estime, que les premiers citoyens se faisaient gloire d'y exceller.

Je l'ai dit, et je ne saurais trop le répéter, l'emploi des trois ordres ne consiste pas à créer des temples entourés de colonnes, comme celui de Thésée, et des arcs-de-triomphe à un ou deux portiques, comme ceux de Tite et de Constantin.

L'architecture grecque n'est pas un moule d'où sort nécessairement un même type. C'est une langue dont l'alphabet riche et varié permet de composer des œuvres d'architecture à l'infini. La langue d'Homère semble avoir donné sa grammaire et ses racines à la langue de Phidias ; les œuvres qui découlent de ces sources également fécondes peuvent s'appeler des mêmes noms : la tour des Vents est une page de l'Odyssée ; le Parthénon est un chant de l'Iliade ; mais la langue de Phidias est comme celle d'Homère, pour la parler correctement il faut en posséder la syntaxe, en étudier les meilleurs modèles et en connaître les plus nobles inspirations.

Le consul Lucius Mummius, en détruisant Corinthe pour venger Rome de la supériorité de sa plus glorieuse rivale, avait détruit l'art grec dans sa source la plus riche et préparé la décadence de l'école romaine elle-même.

Les architectes de Rome et de Pompeï ont essayé de parler la langue de Phidias, mais sans en atteindre l'élégance et la pureté ; leurs épopées sont à celles de Corinthe et d'Athènes, ce que Virgile est à Homère.

Je ne suis pas de ceux dont le philhellénisme esthétique veut qu'on élève, sous notre ciel et à l'usage de nos mœurs chrétiennes, un temple de Minerve ou de Diane.

Je n'oublie pas que l'art grec est né sous les rayons d'un soleil éclatant, et qu'il a besoin d'être acclimaté par des maîtres intelligents pour résister à nos intempéries. Je blâme une imitation servile de l'art grec, une reproduction mathématique des édifices construits pour les mœurs et les dieux des païens.

Mais, d'un autre côté, je ne connais rien de plus barbare que la prétention de nos architectes de mutiler les éléments de l'art grec en les empruntant, de s'affranchir de toutes les règles, en formant des chapiteaux, des corniches et des colonnes, et de réclamer la palme du génie, lorsqu'ils ont imaginé des moulures disproportionnées, des mascarons fantastiques et des cartouches grotesques. Le génie de Phidias n'a pas foulé aux pieds les trois ordres pour créer des édifices nouveaux ; il s'est appuyé, au contraire, sur ces nobles règles, de même que les génies d'Homère, de Virgile, de Corneille et de La Fontaine ont respecté la syntaxe en créant des œuvres originales et immortelles.

L'architecte qui a construit le Panthéon d'Adrien n'a-t-il pas créé un monument vraiment nouveau et original, tout en respectant le type de l'ordre corinthien?

Les artistes éminents qui ont créé la colonnade du Louvre, le Garde-Meuble et la porte Saint-Denis, n'ont-ils pas à leur tour éloquemment parlé la langue de Phidias, sans copier les temples païens qui l'ont rendue immortelle (1).

Le véritable champ ouvert à l'intelligence et au génie dans l'architecture, surtout dans celle des Grecs, c'est celui de l'ordonnance générale d'un monument, celui où la symétrie des différentes parties et leur juste relation avec l'ensemble, produisent une harmonie qui excite l'admiration de tous les hommes de goût.

Les ressources de l'ordonnance générale sont si variées et si fécondes, qu'un seul et même ordre a suffi pour donner à la façade du Garde-Meuble la me-

(1) On a pu reconnaître des vices dans la construction proprement dite du Louvre, c'est-à-dire dans le choix et l'assemblage des matériaux. Mais l'ordonnance générale du monument est indépendante de cette question purement technique; je n'ai donc rien à retrancher des éloges que je donne à l'ensemble de l'édifice.

sure d'une habitation particulière, et à la façade du Louvre la majesté d'une résidence souveraine.

Un si fertile emploi de l'ordre corinthien, prouve jusqu'à l'évidence les ressources infinies que peuvent offrir les trois ordres helléniques, et l'application variée qu'on pourrait en faire au lieu de gaspiller les richesses de notre époque dans des constructions indignes de notre civilisation.

Quant à l'arc-de-triomphe de la Porte-Saint-Denis, il consiste, comme celui de Tite, en un seul plein cintre ; mais les proportions que l'architecte français a données à son œuvre, ont un caractère d'élégance et de grandeur que l'architecte romain n'a pas données à l'arc de Tite.

A ceux qui accusent de routine les admirateurs du passé, à ceux qui restent froids devant les monuments de l'art grec ou devant ceux que l'art moderne a construits d'après ces modèles, je recommande le passage suivant d'un auteur justement estimé :

« C'est le propre des plus grandes œuvres du génie en tout genre, qu'à la première vue on est gé-

néralement désappointé. Les cartons de Raphaël à
Hampton-Court, les fresques du même grand peintre
dans les galeries du Vatican, les fameuses statues
du Laocoon et de l'Apollon du Belvédère, et l'église
de Saint-Pierre à Rome, le plus magnifique édifice
qui soit peut-être au monde, produisent également
cet effet le plus ordinaire de désappointer le specta-
teur à première vue. Mais qu'il se rassure ; qu'il se
persuade qu'ils sont excellents et qu'il ne lui manque que le goût et la connaissance pour les mieux
apprécier : et bientôt chaque visite nouvelle lui ou-
vrira les yeux de plus en plus, jusqu'à ce qu'il ait
appris à les admirer, jamais autant qu'ils le méri-
tent, assez du moins pour enrichir et élargir sa
propre intelligence par la compréhension de la parfaite beauté (1). »

Le maître de l'univers, le peuple Roi, le plus
grand dans les lettres et les arts après le peuple
grec, n'a-t-il pas mis sa gloire à prendre les fils

_____

(1) Le docteur Arnold.

des Pélasges pour modèles? Les Romains, maîtres de tous les musées, de toutes les écoles, avaient à
choisir entre tous les styles, et ils n'ont suivi que les
leçons de l'art grec.

Cependant nul n'a jamais songé à les accuser de
routine, quand ils élevaient le Panthéon d'Adrien
ou le Colysée. Tout ce qu'on peut reprocher aux
Romains, c'est de ne pas avoir égalé leurs modèles.

Ne demandons pas l'immobilité dans l'art, n'en-
chaînons pas le génie, proclamons sa liberté; mais
n'oublions pas que l'on fait de l'art avec le goût et
la science et non avec des phrases. Souhaitons le
progrès partout et toujours, souhaitons également
les réformes que le progrès appelle; mais souvenons-
nous aussi toujours que les réformes ne sont pas
toutes des progrès.

« Ne nous figeons pas, tenons nos esprits vivants
« et fluides, écrivait récemment un illustre critique.

« Mais aussi que le présent, que l'avenir le plus
« prochain ne nous possèdent point tout entiers;
« que l'orgueil et l'abondance de la vie ne nous

« enivrent pas ; que le passé, là où il a offert de
« parfaits modèles et exemplaires, ne cesse d'être
« considéré de nous et compris (1). »

S'il est permis d'ajouter quelque chose à la parole
si autorisée de M. Sainte-Beuve, je dirai qu'on s'ho-
nore médiocrement en qualifiant de routine le culte
de la tradition grecque, qui a inspiré Michel-Ange et
Bramante dans la création de Saint-Pierre de Rome.
Je crois être fier et soucieux de toutes les gloires de
mon pays et servir utilement sa primauté dans les
arts, en lui conseillant de suivre une routine qui
a donné la gloire et l'immortalité.

(1) M. Sainte-Beuve.

TROISIÈME PARTIE

LES TYPES DE CONVENTION

I

J'ai dit qu'il y avait eu, en sculpture et en peinture, des beautés de convention dont les imperfections ne pouvaient détruire le charme ; j'ai dit que
les œuvres d'architecture avaient présenté les mêmes
séductions.

Les Égyptiens, qui sont considérés comme les
premiers inventeurs de l'art, ont eu leurs beautés
de convention. L'École de Memphis, où toutes les
nations ont étudié les arts, les lettres et les sciences,

a créé des types que le temps a pu mutiler, sans toutefois en détruire le caractère ; on reconnaît encore celui de la durée et de la grandeur dans les ruines des temples de Thèbes et de Memphis.

Je ne chercherai pas à discuter la valeur réelle des beautés de convention qui ont été admises comme types par les Assyriens et les Égyptiens. Chacun les admire comme des témoignages de la puissance dont disposaient les souverains de l'Égypte et de l'Assyrie ; mais nul n'a songé à nous conseiller un retour vers ces types d'architecture.

L'esprit et les mœurs de notre temps excluent jusqu'à la pensée de construire de nouvelles pyramides d'Égypte ou un nouveau temple de Luxor. Si l'on a élevé sur une de nos places publiques un obélisque égyptien, on n'a pas obéi à une pensée artistique ; on a voulu nous donner en spectacle, comme aux Romains, un tribut de l'Égypte des Ptolémées ; mais les premiers témoins de cette œuvre de vanité nationale l'ont médiocrement goûtée, et on peut prédire que la postérité reconnaîtra

difficilement le service rendu à l'art et à l'honneur
français par l'architecte et le souverain qui ont gravé
leurs noms sur cet édifice.

On ne traite pas avec la même indifférence les
écoles qui ont suivi l'École grecque. Elles ont
trouvé de nos jours des partisans très-zélés et très-
fanatiques qui n'hésitent pas à les placer au-dessus
de l'art grec.

J'éprouve, de mon côté, un profond respect pour
l'héritage que nous ont légué nos pères ; j'admets
la tolérance de notre époque pour le style byzantin
et le style gothique, je me révolte même contre l'os-
tracisme que les génies du seizième siècle ont prononcé contre ces formes d'architecture ; mais ce que
je respecte sous ces formes, ce ne sont pas des
beautés réelles, ce sont des beautés de convention,
et je vais essayer de leur restituer leur véritable
caractère en rappelant leur origine et en signalant
les principaux éléments dont elles se composent.

Commençons par l'histoire. Lorsque les Barbares
envahirent le monde romain, ils voulurent engloutir

dans le même abîme les arts, les lettres et les insti-
tutions politiques du peuple qui les avait opprimés ;
on sait jusqu'où ils ont porté la dévastation.

Cependant, parmi les successeurs des conquérants
qui avaient usurpé l'héritage des Césars, il s'est
trouvé un prince éclairé qui résolut de faire revivre
les arts, les lettres et les sciences. Théodoric, roi
des Ostrogoths, beau-frère de Clovis, entreprit cette
glorieuse tâche, aidé par Cassiodore, son premier
ministre, artiste éclairé en même temps qu'homme
d'État.

Mais au milieu de ces temps encore obscurs,
ces deux nobles émules ne purent ressusciter qu'une
copie défigurée et imparfaite de l'art grec, qu'une
architecture bâtarde connue sous le nom de byzantine. On y retrouve assurément les éléments de
l'architecture grecque, mais altérés par l'absence de
toutes les règles de l'harmonie et de la proportion ;
les colonnes et le plein cintre y règnent souverainement, mais sans rappeler le caractère du siècle de
Périclès.

Née au sein d'une époque de décadence, l'architecture byzantine porte et devait porter le cachet
de son origine. Comment aurait-on trouvé parmi les
élèves des écoles du Bas-Empire, des architectes assez éclairés pour comprendre les règles du beau et
en faire l'intelligente application ?

Le monument le plus splendide que l'École byzantine nous ait légué, celui qui renferme les beautés
dont elle était susceptible, et, en même temps, les
défauts qui la caractérisent, c'est l'église de Saint-
Marc, à Venise. Il est juste de reconnaître que les
défauts de ce monument ne procèdent pas seulement
de l'impuissance des architectes, mais encore des
tendances de l'époque où ils vivaient. Cette basilique
succédait, pour ainsi dire, aux chapelles des catacombes ; elle est sombre, mystérieuse comme ses
aînées ; le jour ne lui arrive que par des coupoles,
comme si elle avait encore à redouter la lumière qui
éclairait la férocité de ses persécuteurs. En un mot,
c'est un souvenir fidèle des premiers temps du Christianisme.

Dire que l'église de Saint-Marc est riche en mosaïques et en peintures, que l'architecte a fait preuve de raffinement dans les ornements qu'il a prodigués, lui accorder le mérite d'avoir répondu à l'esprit de son temps, aux pensées mystiques des chrétiens d'alors, rien de plus juste. Mais prétendre que ce monument a tous les caractères d'une beauté réelle, que le style byzantin, en particulier, a le privilége d'appeler par excellence les fidèles au recueillement, c'est porter un jugement que la postérité n'a pas confirmé.

Ce style diffus, incorrect, expression d'une civilisation fourvoyée, reflet pieux de l'architecture des catacombes, mais terne comme elle, a été facilement remplacé par un style nouveau que le progrès de la civilisation a fait naître.

II

Le style gothique, émanation nouvelle des mœurs, de l'esprit et des conquêtes du treizième siècle, a pris sans obstacle la place du style byzantin. Il a répandu la lumière moins timidement dans les églises, en substituant le jour horizontal des grandes ogives au jour perpendiculaire ou oblique des coupoles byzantines.

L'église gothique apparaît comme un trophée de la victoire des chrétiens sur les musulmans; elle semble apportée de l'Orient avec les tissus et les armes précieuses des Maures ; elle se pare avec orgueil de ces dépouilles des vaincus, comme pour cacher les dernières traces d'une longue oppression.

Peuples et rois, animés d'un même zèle religieux, s'unissaient pour élever ces saints édifices ; la peste n'arrêtait pas les chrétiens sur ce nouveau champ de bataille, il s'y trouvait toujours quelqu'un pour remplacer celui qui succombait. La foi était aussi mystique que celle qui vivait au fond des catacombes ; mais elle n'avait plus besoin de se cacher, et elle élevait hardiment vers le ciel les flèches de ses clochers en même temps que ses prières.

Des hommes de génie ont adopté ce style, et l'architecture gothique est devenue, comme l'architecture byzantine, la gloire de son temps.

Je crois être juste envers le style byzantin et le style gothique, en disant que ce sont deux météores dont la lumière a éclairé le long interrègne de l'art grec, mais non sans refléter fidèlement les qualités

et les défauts de la civilisation dont ils étaient contemporains.

Je n'insisterai pas davantage sur le caractère de
l'art gothique; je viens à l'analyse des principaux
éléments qui le composent.

Je n'ai jamais pu voir les dômes de Cologne et de
Milan, sans m'extasier sur la richesse et sur la légèreté des nefs qui s'élancent audacieusement vers le
ciel du sein d'une forêt de clochetons. Mais je n'ai
pu me dissimuler que ces voûtes ne fussent suspen-
dues en l'air au moyen d'étais extérieurs. Le génie
de l'architecte a donné à ces éperons de pierre des
formes légères, il les a déguisés sous des ornements
nombreux; mais ce sont des étais qui trahissent l'infirmité du style.

Les flèches gothiques, qui sont encore plus sveltes,
manifestent aussi avec plus d'éclat la témérité des
architectes du moyen âge ; ce sont, si l'on veut, de
véritables tours de force; mais la légèreté de ces
pyramides repose également sur un système d'éperons plus ou moins bien dissimulés.

J'admire, comme tout le monde, les majestueux portiques de nos cathédrales ; mais comment louer, sans réserve, des péristyles dont les ouvertures sont aussi basses que le cadre qui les embrasse est grandiose, et dont l'accès n'est qu'un étroit défilé pour les flots de peuple qui doivent y pénétrer.

III

Si le type du beau n'a pas été donné aux architectes, ils n'ont jamais été complétement privés de
modèles ; la nature et le bon sens ont toujours été
près d'eux pour servir d'auxiliaires à leurs travaux.

Les architectes du moyen âge ne sont pas allés,
il faut l'avouer, chercher leurs inspirations dans
les œuvres les plus parfaites de la création ; on dirait
que le peuplier a été le type de leurs colonnes ; pour

6

suppléer à la faiblesse de sa structure, ils en ont formé des faisceaux et, pour ainsi dire, planté des forêts, ce dont la nature, il faut le reconnaître, ne leur avait jamais donné l'exemple.

Ils ont, en quelque sorte, proscrit les guirlandes de fleurs et de lauriers dont les Grecs aimaient à parer leurs frises, pour y substituer des animaux grotesques, des oiseaux de nuit et des hiboux en profusion. On dirait une première tentative de réalisme.

Les auteurs du seizième siècle et ceux du dix-septième, ont montré pour l'art gothique une sévérité que je n'ai pas voulu imiter, mais que je dois rappeler ici pour attester au moins la modération de mes appréciations personnelles.

Le passage suivant, emprunté à un écrivain aussi calme que sérieux, donnera la mesure de l'opinion qui s'était formée sous l'influence des écoles de la Renaissance (1) :

« L'ordre gothique, qui est l'ineptie et comme le

(1) *Parallèle entre l'architecture ancienne et la moderne.* Paris, MDCL, imprimerie d'Edme Martin, rue Saint-Jacques, au *Soleil d'or.*

« singe de l'architecture, à l'imitation des cariatides,

« est composé de certains mutules figurés servant

« de consoles soutenues par je ne sais quelles chi-

« mères et marmousets ridicules, qu'on rencontre

« en tous les coins des vieilles églises de cette es-

« pèce. Mais quelques modernes ayant trouvé à re-

« dire, et avec raison, qu'on vît de telles extrava-

« gances dans les lieux saints, où le respect et la

« modestie sont si nécessaires, et jugeant qu'il va-

« lait mieux y accommoder quelques représentations

« dévotes, sans avoir égard aux règles de leur mé-

« tier, ou plutôt n'entendant pas la propriété des

« ordres de l'architecture, se sont avisés de mettre

« en forme de cariatides des figures d'anges et d'au-

« tres saints, leur faisant porter, comme à des es-

« claves, de grosses corniches et des autels tout

« entiers, témoignant par là qu'ils n'ont pas bien

« raisonné sur le discours de Vitruve au sujet de

« l'origine des cariatides, car ils eussent reconnu

« que cet ordre ne peut entrer indifféremment en

« toutes sortes de bâtiments, et qu'il demande une

« grande discrétion pour être placé avec convenance.

« Surtout il ne doit point avoir lieu dans les églises,

« qui sont les maisons de Dieu et des asiles de mi-

« séricorde où la servitude et la vengeance ne doi-

« vent jamais paraître. »

A Dieu ne plaise que je blâme l'architecture gothique d'avoir adopté le caractère symbolique que
lui avait donné l'esprit de son temps ; ce qui est permis de lui reprocher, c'est d'avoir abusé de cette
mine de richesses qui lui permettait de se parer
d'ornements élégants et somptueux. Ce qui doit
étonner, c'est que l'Histoire Sainte et l'Histoire de
l'Église, mises en action dans les statues, les figu-
rines, les bas-reliefs et les vitraux, n'aient pas suffi
à la décoration de nos églises, et que les architectes
du moyen âge aient cru devoir y ajouter des ornements vulgaires.

Je ne voudrais pas déprécier les inspirations des
architectes du moyen âge ; mais je ne peux méconnaître que les pétrifications naturelles, les grottes
de stalactites, sont pleines d'accidents qui offrent

l'image assez fidèle des ornements qui ont été prodigués dans nos édifices du moyen âge.

Lorsqu'on visite les grottes de Styrie, plus remarquables peut-être que celles d'Antiparos et
d'Arcy, on est conduit vers des groupes de stalactites
qu'on nomme la Chapelle et la Cathédrale, et qui
représentent, en effet, l'intérieur d'une église enri-
chie de pendentifs, et son extérieur orné de mille
clochetons d'eau pétrifiée.

IV

 En résumé, si l'art gothique, dans ses détails comme dans son ensemble, atteste la vaillance des architectes, le mérite des sculpteurs, le talent des vitriers, il atteste également l'extrême licence de l'École. C'est en vain qu'on voudrait chercher une règle dans les productions de cet art ; car c'est précisément ce qui lui manque. Sa règle, c'est la fantaisie ; sa méthode, c'est celle de chaque artiste.

Pour créer aujourd'hui un dôme de Milan ou une

cathédrale de Cologne, il faudrait ressusciter les architectes du moyen âge, non pas, je le répète, au point de vue de la piété, mais au point de vue du sentiment de l'art gothique qui les dominait, et dont ils n'étaient pas distraits par les leçons de l'art grec encore enseveli dans l'oubli ou sous les ruines.

Si de nos jours on n'est pas parvenu à créer un monument gothique de quelque valeur, cela tient précisément à l'absence complète de règle qui caractérise l'École gothique, et cette absence prouve que ce style ne saurait être considéré comme un véritable type. On peut prédire qu'il restera toujours un style de convention et de circonstance, tandis que le type grec, soumis à des règles invariables, emprunte à cet insigne privilége une légitime autorité et une garantie de longévité exceptionnelle.

Pour tout dire, en un mot, qui résume la fragilité et la solidité qui appartiennent à ces deux types : le style gothique, c'est l'homme ; le style grec, c'est un principe.

Il faut d'ailleurs en prendre son parti, malgré le juste orgueil que peut nous inspirer notre civilisation, les belles choses qui existent parmi nous sont venues de la Grèce. Les Romains ont reconnu, avant nous, que ce pays avait produit les plus grands capitaines, les plus grands philosophes, les plus grands poëtes et surtout les plus grands artistes. Il faut toujours en venir, dans les arts comme dans les lettres, à ce précepte que suivaient les Romains et qui a fait leur grandeur :

..... Exemplia Græca
Nocturna versate mana, versate diurnâ.

Notre civilisation industrielle peut avoir découvert des procédés chimiques et mécaniques supérieurs à ceux des anciens ; nous avons créé surtout des moyens de communication d'une rapidité inconnue et féconde. L'industrie des chemins de fer est un puissant levier ajouté à celui que l'imprimerie nous avait donné pour la propagation et le développement des connaissances humaines. L'a-

vantage de notre siècle est incontestable à cet égard ;
mais, au point de vue de l'art, Praxitèle et Phidias
sont restés nos souverains. On a vu beaucoup de
prétendants à la couronne de cette noble dynastie ;
mais on attend encore ses héritiers légitimes.

Guidés par l'instinct d'un goût exquis, les architectes grecs semblent avoir choisi pour exemples les
œuvres les plus parfaites de la création ; on dirait
qu'ils ont emprunté au palmier son élégance et ses
nobles proportions pour composer leurs colonnes.

Une des plus heureuses inspirations de ces grands
maîtres de l'art est due à un accident de la nature,
que leur esprit d'observation a su découvrir et dont
leur génie a fait l'application. Vitruve, car c'est à
lui qu'il faut toujours recourir pour l'histoire de
l'art grec, Vitruve raconte qu'une jeune fille de Corinthe étant morte la veille de son mariage, plusieurs
ornements dont elle aimait à se parer avaient été re-
cueillis par sa nourrice dans une corbeille placée près
de sa tombe sur une feuille d'acanthe, et couverte
d'une tuile pour prévenir les injures du temps ; les

feuilles de la plante, prenant leur essor au prin-
temps, avaient formé des volutes naturelles et entouré la corbeille de leur élégante ceinture.

Un sculpteur ingénieux, du nom de Callimaque,
passant par là, avait été frappé de la richesse de cette
décoration naturelle ; il avait vu dans la forme de
cette corbeille, enveloppée de feuilles d'acanthe, le
chapiteau d'une colonne, et l'ordre corinthien était
né sur la tombe d'une jeune fille de Corinthe.

QUATRIÈME PARTIE

LES TYPES DE LA RENAISSANCE

I

Si nous poursuivons cette revue historique et si
nous étudions la civilisation dans sa marche pro-
gressive, nous sommes amenés à constater que l'é-
preuve du temps, cette épreuve décisive et suprême,
a prononcé sur l'art gothique et sur l'art byzantin.
Le quinzième siècle est venu rendre à l'art grec
son antique prééminence, et l'imposer, sinon comme
une règle absolue, du moins comme un magnifique
exemple aux générations futures.

L'Italie, qui marchait la première dans la carrière de la civilisation, a été naturellement la première à reconnaître, parmi les débris dont elle était couverte, les vrais types du beau en architecture; les hommes de génie qui s'étaient éclairés au flambeau des lettres grecques et latines, ont répandu sur les arts la lumière que reflétaient encore les vestiges des siècles de Périclès et d'Auguste; ils ont creusé le sol pour y retrouver ce que les barbares y avaient enseveli, et, ressuscitant Phidias et Vitruve comme ils avaient ressuscité Homère et Virgile, ils ont baptisé du nom de *renaissance* ce retour au culte des principes de l'art hellénique.

Dans les premiers temps de cette ère nouvelle, on aurait donné toutes les œuvres qu'un zèle pieux avait créées depuis plusieurs siècles, pour celles que le paganisme avait enfantées. Les entraînements de la réaction étaient si passionnés, qu'on allait jusqu'à briser les chefs-d'œuvre de l'art byzantin et de l'art gothique, comme on aurait brisé des idoles; spectacle inattendu chez des peuples chrétiens, égarement sacrilége de l'amour de l'art ! C'étaient les images des saints que le seizième siècle sacrifiait à celles des faux dieux ; c'étaient les plus belles inspirations de la foi qui étaient détrônées par celles de la superstition.

L'Europe entière ne suivit pas, cependant, l'Italie dans cette réaction plus aveugle encore que profane.

L'Espagne, l'Angleterre et l'Allemagne, sans rejeter le style de la Renaissance, restèrent, dans une certaine mesure, fidèles au style gothique.

La France elle-même, malgré la vivacité habituelle de ses impressions et l'entraînement naturel de ses relations intimes avec l'Italie, ne rompit pas brusquement en visière avec le passé ; elle adopta une sorte de style de transition, qu'on a décoré du nom de *Renaissance*, du même nom que l'Italie avait donné à sa résurrection ; mais, si l'on examine avec attention le caractère du style français, on doit le considérer plutôt comme une forme de style composite ; car on y trouve l'ogive associée au plein cintre, et, en général, tous les éléments du

7

style grec confondus avec ceux du style gothique.

Le siècle qui a vu apparaître la Renaissance française, était celui où les femmes exerçaient sur les hommes et les affaires publiques une influence inusitée.

Le nom de Diane de Poitiers écrit sur les feśtons des demeures souveraines, à côté de ceux de François Ier, de Jean Goujon et de Philibert Delorme, explique pourquoi étincelle dans toutes ces œuvres un reflet du règne de la galanterie, et pourquoi tout est efféminé dans les détails, lors même que l'ensemble conserve encore une noble et imposante physionomie.

Nous devons, entre autres, à cette école, le château d'Anet, ceux d'Heidelberg et de Chambord ; et j'admire volontiers ces monuments d'une élégance vraiment remarquable, ces témoignages éclatants du sentiment artistique qui a caractérisé cette époque, si passionnée pour le culte des arts et des lettres ; mais la séduction de ces chefs-d'œuvre ne peut me faire oublier que les auteurs se sont cru le droit d'incliner tantôt vers l'art gothique, tantôt vers l'art grec, et toujours selon leurs préférences personnelles, toujours avec une licence périlleuse pour le progrès de l'art.

Parmi les causes qui ont contribué à cette licence des architectes et à leurs hésitations dans l'application de l'art grec, il faut compter assurément l'idée imparfaite qu'ils en avaient acquise. Au milieu du siècle dernier on était encore à chercher une définition des trois ordres. L'auteur que j'ai déjà cité donne sur ce point des renseignements qui ont quelque importance pour l'histoire de l'art.

« Il est assez difficile de déterminer précisément « ce que le nom d'ordre signifie chez les architectes, « quoi qu'il soit bien nécessaire de le bien entendre.

« De tous les modernes qui ont écrit des cinq or- « dres, il n'y a que Scamozzi qui ait pensé à en don- « ner la définition ; elle est au premier chapitre de « la deuxième partie, page 2, ligne 42, où il dit : « Que c'est un certain genre d'excellence qui accroît « beaucoup la bonne grâce et la beauté des édifices

« sacrés ou profanes. Mais, à mon avis, il eût mieux
« valu s'en taire, comme les autres, que d'en parler
« en termes si vagues et avec aussi peu de solidité.

« Le père Vitruve, au neuvième chapitre, l'ap-
« pelle ordonnance, et ce nom est maintenant beau-
« coup en usage parmi les peintres ; quand ils veulent
« exprimer l'élégante composition d'un tableau ou
« la distribution des figures d'une histoire, ils disent
« que l'ordonnance en est belle. Néanmoins, ce
« n'est pas encore exactement l'intention des archi-
« tectes, et Vitruve, s'efforçant de nous l'expliquer,
« ajoute que c'est une commodité ou dispensation
« régulière des membres de l'œuvre séparément, et
« une comparaison de toute la proportion à la symé-
« trie. Peut-être qu'un autre, plus subtil et plus pé-
« nétrant que je ne suis, découvrira le mystère de ces
« paroles que je n'entends point, c'est pourquoi je
« les ai traduites du texte latin, tout simplement
« mot à mot, afin de les proposer avec plus de naï-
« veté à ceux qui en voudront faire leur profit. Da-
« niel Barbaro, qui nous a donné sur cet auteur

« deux excellents commentaires, s'est fort travaillé
« à éclaircir ce passage, qui n'est pas encore sans
« difficulté. Philander, au même chapitre, a trouvé
« plus court de n'en parler point, et s'est amusé à
« d'autres choses bien moins nécessaires. Tellement
« que pour sortir de ce labyrinthe, il faut venir au
« détail et considérer la chose matériellement par
« chacune de ses parties, afin qu'elle touche davan-
« tage l'imagination et nous forme distinctement son
« idée, qui est ce que nous devons chercher, car
« l'architecture ne consiste pas en des paroles, la
« démonstration doit être sensible et oculaire.

« Il est constant, entre tous ceux du métier, que
« la principale pièce d'un ordre c'est la colonne, et
« que son entablement étant posé sur le chapiteau,
« c'en est la composition entière. Si donc nous vou-
« lons le définir exactement et en donner une intel-
« ligence bien expresse, il en faut faire comme d'une
« manière d'anatomie, et dire que la colonne avec
« sa base et son chapiteau, couronnée d'une archi-
« trave, frise et corniche, forme cette espèce de bâ-

« timent qu'on appelle un ordre, puisque cela se
« rencontre généralement et de même suite en tous
« les ordres, dont la différence ne consiste qu'en la
« proportion de ces parties et en la figure de leurs
« chapiteaux. »

Cette dissertation, qui est l'œuvre d'un esprit
éclairé et studieux, atteste que de son temps on était
loin d'avoir acquis l'intelligence des trois ordres, et
c'est peut-être ce qui m'autorise à appeler l'attention
sur la définition que j'ai cru pouvoir en donner moi-
même dans cet écrit. Si je n'ai pas découvert le
mystère des paroles de Vitruve, j'ai peut-être jeté
quelque lumière sur les bases de l'architecture
hellénique (1).

(1) J'ai recueilli et je donne à la fin de cet écrit quelques renseignements sur l'histoire et la mesure des trois ordres.

II

En se donnant le droit de puiser à deux sources différentes, les auteurs du style de la Renaissance s'étaient imposé une tâche bien difficile. Il fallait un goût exercé pour opérer une alliance heureuse entre deux styles d'un caractère si différent. L'homme de génie était nécessaire pour sceller cette union mal assortie, si nécessaire, que les élèves n'ont pu imiter les maîtres.

Dans des mains faibles, le droit de choisir est de-

venu celui de s'égarer. La première manière de la
Renaissance, ou, pour mieux dire, du style composite, a succombé dans cette épreuve, et bientôt elle
a eu pour héritière immédiate une seconde manière, à laquelle on a donné le nom de Louis XIII,
du prince qui la protégea et dont elle rappelle le
règne, aussi bien que la précédente avait rappelé
les règnes de François Ier et d'Henri II. L'élégance
avait été le caractère de la première école, la gravité
a été le caractère de la seconde.

Le règne de Louis XIV, qui devait donner un si
grand essor à la civilisation, ne pouvait se renfermer
dans les limites d'une école sévère qui répondait mal
aux inspirations du génie français. On put même espérer que le grand siècle, qui se montrait l'égal de
ceux de Périclès et d'Auguste dans la culture des
lettres et des arts, effacerait les dernières traces de
la décadence en architecture. Les monuments qu'il
nous a laissés étaient bien faits pour assurer le
triomphe de l'art grec; mais, dès la fin de ce règne,
les tendances efféminées du règne qui allait suivre

arrêtèrent l'essor de l'architecture vers le type grec.

Un nouveau style, qu'on appela style Louis XV, s'inspira de l'esprit que la galanterie avait donné au style de François Ier et en reprit les traditions sous une nouvelle forme. Le style gothique avait été associé au style grec par l'École du dix-septième siècle, le style gothique fut complétement abandonné par l'École du dix-huitième. Elle donna la préférence au style grec, mais en le dénaturant, en soumettant ses lois aux tendances de cette époque. Il semble même que les architectes du dix-huitième siècle aient voulu surpasser leurs devanciers du dix-septième, dans la décoration des salons et des boudoirs, et élever les inspirations des Pompadour et des Dubarry à la hauteur de celles des Diane de Poitiers et des duchesse d'Étampes.

Il faut convenir, cependant, que le style Louis XV proprement dit, s'est déployé seulement dans l'intérieur des édifices. En dehors des salons et des boudoirs, l'architecture n'a pas eu le même caractère; les monuments ou les palais qui ont été créés sous le règne de Louis XV sont, au contraire, le plus souvent, empruntés à l'École hellénique, et l'avénement d'un nouveau prince a suffi pour ramener franchement l'architecture vers cette école. Le style féminin des intérieurs a disparu devant l'austérité de Louis XVI, et le style grec aurait triomphé sans conteste, si la réaction s'était arrêtée dans de justes limites.

Malheureusement l'École française fut emportée au delà du but par l'avénement du républicanisme, et les architectes, appelés, comme de tous temps, à refléter le caractère de leur époque, furent obligés d'aller demander leurs modèles aux premiers âges de la république romaine, de même que les hommes d'État y cherchaient leurs inspirations politiques.

Ce style républicain s'étant établi pendant les dernières années du règne de Louis XVI, on le confond aujourd'hui avec le style qui s'était formé à l'avénement de ce prince, et il en résulte des méprises fâcheuses à tous les points de vue. Le style républicain s'est, en effet, éloigné de l'élégance et du bon goût, autant que le style Louis XVI s'en était rapproché; celui-ci avait été un progrès vers l'art hellénique, tandis que l'autre a été un retour vers l'enfance de l'art, vers le temps où l'École d'Égine ne s'était pas encore affranchie des traditions égyptiennes. Le style de Louis XVI, en un mot, était un reflet de l'art grec; le style républicain était, au contraire, l'image des froides inspirations de l'art toscan.

L'Empire, dont la puissante main a rétabli l'ordre en toutes choses, a donné son nom au style d'architecture qu'il avait adopté; mais il a subi lui-même l'autorité du mauvais goût républicain, et ne nous a laissé que quelques copies de l'art grec, au milieu des œuvres de l'École républicaine.

Ce serait une tâche difficile que celle de donner un nom propre et une date précise à tous les styles d'architecture qui se sont produits, depuis la Renaissance jusqu'à nos jours. J'ai payé un tribut à l'usage en parlant des styles de François Iᵉʳ, de Louis XIII, Louis XIV, de Louis XV et de Louis XVI.

Il eût été plus exact de considérer ces différents

styles comme les expressions variées d'une même renaissance, d'un même zèle pour la recherche du beau, d'un véritable amour de l'art qui ne s'est profondément égaré qu'aux premières lueurs de l'incendie révolutionnaire.

III

C'est de ces jours de deuil pour les arts, que date réellement une phase nouvelle dans l'architecture, une réaction purement latine, qui a régné pendant un demi-siècle et qui n'a jamais changé de caractère tout en changeant de nom chaque fois que la France changeait de gouvernement.

Il n'y a pas encore longtemps que cette École latine a perdu son autorité; et elle n'a pas été détrônée par un style nouveau, comme ses aînées l'avaient été à toutes les phases antérieures de l'architecture. Il semble, au contraire, qu'elle ait éteint le génie créateur des styles français et nous ait voué au scepticisme le plus illimité. Il est du moins incontestable que la succession du style latin a été ouverte à tous les styles qui l'avaient précédé. Les architectes ont été appelés à élever tour à tour un monument de style gothique, de style byzantin ou de style grec, et n'ont eu d'autre règle à suivre que le goût et le caprice de ceux qui disposaient de la fortune publique.

Couronnement stérile de trois siècles de travaux! Isolement du présent au milieu des génies du passé! Appauvrissement réel de l'art au sein de ses richesses! Indifférence en matière d'art non moins fatale qu'en matière de religion!

Si la foi et la science, qui inspiraient autrefois les artistes, font défaut à ceux de nos jours, s'ils n'ont créé aucun style nouveau, il ne serait pas tout à fait juste cependant de leur en faire un reproche.

Ils ont naïvement suivi l'exemple que les architectes de tous les temps leur avaient donné ; ils sont restés les fidèles interprètes du doute que leurs contemporains ont introduit jusque dans le domaine de l'art. Ils croient à tout et ils ne croient à rien, comme nous-mêmes, et ils auraient le droit de dire que la responsabilité de leurs œuvres remonte jusqu'à nous ; qu'ils ont créé un style, le seul possible, le seul vraiment compatible avec les tendances et le caractère particulier de notre époque, le style de l'indifférence et du scepticisme.

Étrange formule ! et cependant expression fidèle de la renaissance contemporaine, du caractère incertain et inconséquent de notre architecture ; de ce pêle-mêle confus de constructions de tous les styles, de tous les pays et de tous les siècles, qui sort de terre sous nos yeux au milieu de la capitale des Beaux-Arts.

Les villes de France qui ont pris leur essor sous l'influence d'un autre siècle et d'une école moins sceptique, ont reçu une empreinte uniforme, un caractère bien défini qui est resté en quelque sorte le type de l'architecture locale.

Dijon, Nancy, Bordeaux surtout, nous rappellent le style des époques où ces villes ont pris rang parmi les villes célèbres. On reconnaît même aujourd'hui, dans leurs édifices modernes, la tradition assez fidèle des styles qui ont présidé à leur avénement.

Paris, au contraire, la ville des contrastes, la ville de tous les doutes et de toutes les croyances, la ville de l'indifférence religieuse et des pratiques les plus sévères, la ville de toutes les aristocraties et de toutes les démocraties, Paris moderne, reflète sur ses pierres et sur ses marbres la variété infinie de nos impressions, de nos sentiments et de nos idées.

Voyez les églises.

Ici Sainte-Clotilde, un souvenir du quinzième siècle, aux flèches gothiques, que je n'accuserai pas d'être téméraires. Plus loin Saint-Vincent-de-Paul, un temple grec, qu'on a cru rendre catholique en lui donnant deux tours carrées. Enfin, au centre de Paris le plus moderne, Saint-Eugène, qui doit être d'un style ancien, sans qu'on puisse dire lequel.

Voyez les édifices administratifs.

La Mairie du premier arrondissement est gothique ; on lui a donné la façade de l'église voisine et on a placé une tour gothique entre les deux ! La symétrie elle-même arrive aux plus singuliers caprices.

La Mairie du septième arrondissement, si je ne me trompe, sera greco-romaine ; il en faut pour tous les goûts.

Le dernier siècle avait construit un petit édifice d'une élégance rare, qui a été affecté à la Chancellerie de la Légion d'honneur. Il y aurait bien quelque chose à dire des parties de cet édifice ; mais l'ordonnance générale en est si heureuse qu'on doit être indulgent pour quelques détails moins bien compris.

A côté de ce petit chef-d'œuvre, notre siècle a élevé un monument dont la masse écrase les passants. On a été très-prodigue des fonds du Trésor

8

pour cette construction , mais très-avare de bon goût ; la façade principale n'en porte pas une seule trace. Je rendrai, volontiers, à l'auteur cette justice, que la construction intérieure est empruntée aux types les plus élégants de la Renaissance italienne ; mais c'est précisément ce qui confirme mes appréciations et justifie le nom que j'ai cru devoir donner au style de la Renaissance contemporaine.

Si je n'ai pas demandé compte aux architectes modernes de notre indifférence à l'égard des différents styles, je dois les blâmer d'accepter toutes les exigences du mauvais goût et de les mettre en œuvre avec une complaisante soumission ; je dois les reprendre surtout lorsqu'ils vont jusqu'à confondre les styles anciens et à dénaturer les meilleurs modèles dans les œuvres composites qu'ils ont enfantées.

Chez les architectes du passé, l'influence des contemporains n'était pas sans limites. Les lois de l'art conservaient toujours leur autorité. Les ornements, par exemple, avaient leur raison d'être. Les triglyphes, les modillons, que les architectes introduisaient dans leurs corniches, représentaient les têtes de solives qui soutenaient les planchers ou les toitures. Ce n'est pas arbitrairement qu'ils avaient donné à leurs colonnes des bases et des astragales ; c'était pour indiquer, comme le disait Palladio, les plis causés par le fardeau qu'elles portaient. Enfin si leurs colonnes étaient moindres par la cime que par les pieds, c'était pour se conformer aux arbres qui leur avaient servi de modèles, et aux lois de la nature qui étaient leurs règles fondamentales.

Aujourd'hui les architectes considèrent les édifices comme des métiers de guipure ; ils multiplient les ornements sans que la construction les justifie, et seulement pour flatter les fantaisies les plus vulgaires. Ils se font courtisans du mauvais goût, parce que c'est celui du plus grand nombre, et ils prétendent se justifier en disant qu'après tout il faut vivre.

Cette excuse peut bien avoir quelque fondement, et je suis disposé à en tenir compte ; mais elle ne saurait être le dernier mot de l'architecture du dix-neuvième siècle. Nous échapperons tôt ou tard au despotisme du mauvais goût.

Les préoccupations des amis de l'art à ce sujet sont le présage et le garant d'un meilleur avenir. La question est de savoir si nous saurons trouver le chemin d'une nouvelle Renaissance.

Sera-ce en suivant le tracé d'une liberté illimitée vers laquelle l'esprit du temps incline? Je ne le pense pas, et je me sens fortifié dans cette conviction quand je considère que notre impuissance date de la fin du dernier siècle, que jamais elle n'a été plus évidente qu'en 1830 et en 1848, sous l'influence d'un régime de liberté qui allait jusqu'à la licence.

Si nous étudions l'histoire de l'art avec impartialité, nous verrons que ce n'est pas la liberté, mais la règle de la liberté qui nous manque.

Nous avons des musées de peinture et de sculpture, nous donnons la rançon d'un roi pour acheter les modèles les plus parfaits; mais, dans les arts comme dans les lettres, les modèles n'ont jamais suffi sans le secours des règles qui avaient guidé leurs auteurs.

L'imprimerie a créé des musées littéraires d'une richesse inépuisable ; elle a mis les écrits de Tacite, de Cicéron, de Démosthène, de Virgile, d'Horace, à la portée de tous ; mais nous n'avons pas renoncé pour cela aux méthodes d'instruction qui jusqu'ici ont formé les grands hommes de tous les temps. Nous n'avons pas dédaigné l'enseignement des règles de la science et de la littérature ; nous n'avons pas supprimé les professeurs ni brûlé les syntaxes.

La règle nous a donné des chefs-d'œuvre littéraires, la liberté illimitée ne nous a donné rien de nouveau, si ce n'est l'orthographe qui écrit les mots comme on les prononce, et le style qui sert à composer des romans à la page.

La règle est nécessaire en tout ; elle est la sauvegarde du génie lui-même.

Ce qui me paraît certain, c'est que la liberté sans la règle serait la fin du règne de l'art. Voyez plutôt les œuvres du réalisme ! non peut-être celles de son prophète, M. Courbet, qui n'a pas oublié toutes les règles, mais celles de ses adeptes dont la dernière Exposition a révélé l'impuissauce.

Je vais résumer dans les chapitres suivants les considérations développées jusqu'ici ; je m'efforcerai d'en déduire aussi clairement que possible les légitimes conséquences, et je soumettrai au lecteur ce que je crois utile de faire pour corriger ce qui est mal, sans détruire ce qui est bien.

IV

Je ne crois pas pouvoir terminer ces considérations sur les différents styles d'architecture sans
donner une description sommaire des trois ordres
helléniques, sans rappeler leur origine et les principaux monuments dans lesquels ils ont été employés
par les anciens.

Un ordre se compose d'une colonne avec sa base
et son chapiteau couronnés d'une architrave, d'une
frise et d'une corniche. Chacun de ces éléments est

composé lui-même de détails et de moulures qui lui
sont propres ; ces détails sont l'alphabet de la langue
de Phidias, les éléments principaux en représentent
les mots, et l'ordre entier, qui les coordonne et qui
en mesure les proportions et l'harmonie, en résume
la syntaxe.

L'ordre dorique, comme tous les ordres, doit se
mesurer d'après le diamètre de sa colonne, celle-ci
doit compter sept diamètres et demi ou huit de hauteur, son chapiteau un demi-diamètre, son architrave également un demi-diamètre, sa frise un diamètre et demi, sa corniche un diamètre un dixième.
Palladio, qui a donné ces proportions, donne également celles des détails, c'est-à-dire des astragales, des
cimaises, des triglyphes, des modillons, etc., enfin
il indique les modifications à introduire dans ces diverses proportions, selon l'emplacement et l'usage
auxquels l'ordre est destiné.

Entrer ici dans ces détails serait excéder les
bornes de ma compétence. Je passe donc aux indica-
tions générales qui peuvent suffire aux hommes

de goût pour apprécier l'ensemble d'un monument.

L'ordre dorique est le plus ancien de tous. Vitruve rapporte qu'un prince d'Achaïe, nommé Dorus, fit élever à Argos un temple à Junon, et que ce temple fut le premier de cet ordre. L'île de Délos en avait élevé un à Apollon, et la ville d'Éleusis deux d'une remarquable grandeur, l'un à Cérès et l'autre à Proserpine.

L'ordre ionique doit son origine à la province qui lui a donné son nom. Le plus célèbre des temples de cet ordre qui ait été construit par l'antiquité était celui de Diane d'Ephèse, qui fut incendié par Érostrate le jour de la naissance d'Alexandre. Une tradition supposait que ce temple avait été construit par les Amazones. Il est certain que l'Asie tout entière contribua à la dépense de ce superbe édifice. On rapporte qu'il était entouré de deux rangs de colonnes de marbre mesurant soixante-dix pieds de haut, la longueur du monument était de quatre cent vingt-cinq pieds et la largeur de deux cent vingt. L'architecte, nommé Ctésiphon, avait inventé une machine pour enlever et transporter les colonnes, qui étaient d'un seul bloc. Cet édifice était placé au nombre des sept merveilles du monde. Le roi Cyrus, après avoir subjugué l'Asie et dévasté ses monuments, n'osa pas porter la dévastation jusqu'au temple de Diane d'Éphèse, dont la magnificence désarma sa fureur.

Les colonnes de l'ordre ionique, avec leurs bases et leurs chapiteaux, doivent mesurer neuf diamètres de hauteur ; l'architrave, la frise et la corniche doivent former ensemble un cinquième de la hauteur de la colonne.

L'ordre corinthien doit avoir à peu près les mêmes proportions que l'ordre ionique ; la hauteur réunie de la base et du chapiteau doit arriver à neuf diamètres et demi, en raison des proportions plus élevées du chapiteau corinthien ; l'architrave, la frise et la corniche doivent mesurer un cinquième de la hauteur.

Les auteurs sont incertains sur l'origine de l'ordre corinthien, et plus d'une fable a été inventée pour l'expliquer. J'ai raconté plus haut une des plus ingénieuses et sans doute une des plus vraisemblables. L'admiration pour cet ordre est allée jusqu'à dire qu'il était emprunté au premier temple de Salomon, dont une main divine avait tracé elle-même les formes et les proportions.

C'est à Rome qu'on rencontre le plus grand nombre de monuments de cet ordre : le plus célèbre est celui qu'on appelait autrefois le Panthéon d'Adrien.

Les proportions que je viens de résumer ici sont celles qui ont été reconnues par le plus grand maître de l'art. Voilà, selon l'avis de Palladio, l'alphabet et les syntaxes de la langue de Phidias ; voilà les gammes harmonieuses de l'art hellénique !

Cependant tout ne serait pas dit si un architecte se bornait à reproduire ces proportions, selon les lois mathématiques, dans un édifice quelconque. Il faut encore tenir compte de l'espacement adopté pour les colonnes, des effets d'optique et de tous les accidents de la perspective ; il faut, en un mot, modifier les proportions elles-mêmes pour les conserver, et c'est à cette œuvre que se reconnaît le coup d'œil, le goût et le talent du maître.

Le plus beau monument de l'ordre corinthien que l'école romaine ait construit, celui que les uns appellent le frontispice de Néron et les autres la maison des Cornelius, a été détruit par le temps et il n'en reste plus que des fragments isolés. Mais ces ruines, dont la perfection dépasse tout ce qui est resté debout, attestent que l'architecte avait soumis les proportions de son édifice à toutes les exigences de la perspective, et appliqué, en même temps, les règles visibles de l'art et les règles insaisissables qui sont le patrimoine exclusif des hommes de génie.

J'ai pris soin de ne pas multiplier, dans le cours de cet ouvrage, les expressions techniques dont l'intelligence est le privilége du petit nombre. Cependant on trouvera à l'Appendice une explication des principaux termes usités en architecture, tels qu'ils ont été traduits et commentés par un auteur du dernier siècle. Il m'a paru utile de constater l'étymologie grecque de presque tous ces termes; c'est encore un hommage que ma reconnaissance est heureuse de rendre à l'art grec, et au concours que la langue d'Homère a donné à celle de Phidias.

CINQUIÈME PARTIE

RÉSUMÉ ET CONCLUSION

I

Sans me flatter d'avoir offert ici une étude complète des styles d'architecture, je crois pouvoir
conclure du simple exposé des faits que le style
grec a atteint la plus grande perfection entre tous,
et qu'il doit être considéré comme le type de la
beauté connue en architecture. Tous les styles qui
ont été créés, depuis les Grecs ou dans les âges pré-
cédents, ne peuvent être considérés, au contraire,

9

que comme des types de convention et de circonstance.

L'art byzantin, sorti le premier des ruines du
moyen âge, n'a été qu'une timide expression de l'af
franchissement du Christianisme, qu'un reflet de
l'art mystérieux des catacombes ; ses auteurs, satis-
faits d'avoir osé couvrir leurs édifices de couleurs et
de sculptures, n'ont eu pour les règles fondamentales
de l'art, pour l'harmonie et la proportion, que le
plus profond dédain ; leurs monuments étaient à l'art
grec ce que le Bas–Empire était à la Grèce. Les fils
dégénérés de Phidias servaient d'architectes aux fils
dégénérés des Césars.

Né d'une victoire du Christianisme sur les barbares qui avaient voulu reconquérir les États formés
des lambeaux de l'Empire romain, l'art gothique a
été une expression hardie du triomphe des vainqueurs et un faisceau des dépouilles opimes enlevées
aux vaincus ; mais l'art gothique a été sans règle ou
plutôt n'en a admis qu'une seule, celle de la fantaisie. Il n'a connu également qu'une seule expres-

sion qu'on pourrait appeler celle du mysticisme et de la rêverie. Le château, l'église et l'hôtel-de-ville, sortis du même moule, présentaient la même physionomie, celle des accidents qu'on rencontre dans les grottes de stalactites.

A l'imitation de l'art mauresque, qui a été son précurseur et qui était empreint du même caractère d'uniformité, l'art gothique a dissimulé cette uniformité sous un voile de guipure pétrifiée, dont la richesse ne rachète pas toujours la confusion.

Au point de vue des règles de l'art, l'École gothique a suivi les traditions de l'École byzantine, et s'est médiocrement préoccupée d'éviter les disproportions et les incohérences que se permettait son aînée ; son principal mérite consiste dans le caractère symbolique qu'elle a adopté, mais dont l'art grec avait été, avant elle, l'expression la plus brillante et la plus artistique.

L'École de la Renaissance, en succédant à l'art gothique, n'a pas créé un style nouveau, mais un style composite qui a pu subir des transformations nombreuses; mais qui, à vrai dire, est resté le même depuis trois siècles.

L'avénement du style byzantin et du style gothique avaient été l'un et l'autre l'expression d'une croyance exclusive de la part des peuples et des artistes.

L'avénement du style de la Renaissance, au contraire, a été l'avénement du doute dans le domaine de l'art. Les architectes ont conservé le style grec comme foyer de leurs inspirations ; mais ils se sont cru le droit de s'en rapprocher et de s'en éloigner arbitrairement. La plupart des œuvres qu'ils nous ont laissées sont l'éclatant témoignage de cette indifférence pour les règles de l'art.

Le style de Louis XVI et celui de la République ont marqué une tendance momentanée vers des styles uniques; mais la tendance vers le doute et l'éclectisme, qui avait prévalu depuis la Renaissance, a repris son empire et n'a cessé de le développer jusqu'à nos jours.

Nier cette influence dominante du doute sur l'architecture contemporaine, ce serait fermer les yeux à la lumière, ce serait méconnaître les relations constantes et intimes qui ont existé, alors comme toujours, entre les œuvres de l'architecture, les mœurs et l'esprit des peuples.

Il est impossible de ne pas reconnaître que depuis trois siècles, plus l'esprit d'indifférence a fait de progrès en religion et en politique, plus il est entré dans le domaine de l'art, plus les architectes se sont affranchis des traditions des écoles précédentes ; leur scepticisme esthétique a marché d'un pas égal avec le scepticisme des esprits. A côté des utopies religieuses et politiques, se sont produit des utopies hétérodoxes dans les arts.

Ce qu'on a créé d'édifices composites, ce qu'on a inventé de formes de colonnes et de chapiteaux est incalculable, c'est une diversité sans bornes dans une impuissance infinie.

Depuis ceux qui se proposent l'imitation servile de la nature, jusqu'à ceux qui recherchent un type déal, tous semblent avoir pris pour règle cette maxime paradoxale qu'un beau désordre est un effet de l'art.

Si l'éclectisme avait consisté à choisir entre les styles connus et à donner la préférence, tantôt à l'un tantôt à l'autre, on aurait pu l'approuver ; mais emprunter à tous les styles des fragments isolés, les travestir en les empruntant, ce n'était pas faire un choix, c'était admettre la confusion et le désordre ; c'était proclamer le principe d'une sorte de maraudage artistique dont on a trop longtemps abusé.

Au commencement de ce siècle, lorsqu'on visitait une ville ancienne ou moderne, Rome, Constantinople, Paris, Lyon ou Bordeaux, on pouvait presque toujours lire sur le style d'un monument la date de sa naissance, comme on le fait sur les monuments de l'Égypte et de la Grèce. Avant la fin de ce même siècle, les regards se perdront au milieu des créations d'une école qui parle, en même temps, toutes les langues.

Il y a des esprits qui tolèrent et même encouragent cette Babel artistique ; comme si le progrès consistait à réunir indifféremment les éléments de tous les styles, et à faire du composite sans règle et sans mesure.

La tolérance en matière de religion comme en politique, est sans doute une nécessité de notre époque, elle est le lien qui rapproche les enfants d'une même patrie, lors même qu'ils sont divisés par les croyances religieuses et les convictions politiques ; mais la tolérance en architecture est un non-sens.

Ce n'est pas la tolérance dans l'art qui a créé successivement l'école byzantine et l'école gothique ; ce n'est pas la tolérance qui réunissait les peuples, les architectes et les rois, dans une même pensée et dans un même zèle, pour élever les basiliques qui font la gloire du moyen âge.

Si les artistes qui ont construit Notre-Dame de Paris ont connu quelque chose de l'art grec, ils n'avaient foi que dans l'art gothique ; si Bramante et Palladio ont connu l'art gothique, ils l'ont considéré comme une inspiration des temps barbares, et se sont donné l'art grec pour unique modèle. C'est ainsi que les uns et les autres ont tour à tour créé des chefs-d'œuvre.

La tolérance en architecture, c'est la négation de tous les styles et la véritable cause de l'impuissance de l'architecture contemporaine. Si l'art veut se soustraire à cette impuissance, il faut cette fois qu'il s'élève au-dessus de l'influence des mœurs, qu'il secoue le joug qu'il a toujours subi. L'œuvre est difficile ; mais il est urgent de l'accomplir.

Encourager les artistes modernes dans un éclectisme désordonné et dans un scepticisme qui n'a jamais enfanté que des œuvres incomplètes ou vulgaires, ce serait condamner notre époque à végéter indéfiniment dans le style composite et à ne jamais créer un style original.

Sans demander aux artistes de notre siècle de revenir à la foi qui inspirait ceux de la Grèce et de l'Italie, on peut leur demander de suivre fidèlement les règles du style créé par le peuple le plus heureusement doué pour les arts, consacré par l'épreuve des siècles, toujours adopté par les nations civilisées, et résumé dans trois ordres d'où la science et le génie ont fait sortir des chefs-d'œuvre.

II

A Dieu ne plaise que j'exclue la recherche d'un style nouveau et original ; ce qui a tué l'originalité c'est le scepticisme esthétique ; ce qui constitue l'originalité, c'est la foi dans un type original, dans une beauté unique.

En recommandant l'adoption du style hellénique, je proscris l'originalité vulgaire, et j'appelle l'originalité parfaite dont j'offre le modèle respecté et consacré par le temps.

Ce n'est pas à dire cependant que j'adopte aveuglement l'art grec jusqu'à encourager l'imitation des temples payens pour en faire des églises ou des édifices publics. Les temples anciens n'étaient pas destinés à recevoir les fidèles, qui restaient sous les portiques extérieurs, mais à soustraire les cérémonies du culte des faux dieux aux regards du vulgaire.

Le temple de la Madeleine est donc un véritable contre-sens ; l'obscurité qui y règne le fait ressembler à une catacombe pendant toute l'année, et à un temple payen le jour de la Fête-Dieu, où les prêtres et les fidèles officient et prient sous les péristyles.

Quant au temple de la Bourse, il semble qu'on ait voulu en faire une satire de nos mœurs, en concentrant les transactions de valeurs mobilières dans une enceinte semblable à celle où les prêtres païens célébraient les mystères d'Isis et du Veau-d'Or.

Appelé à construire un édifice qui, de son temps, avait une destination analogue à celle de la Bourse de Paris, Palladio a doté Vicence d'un magnifique monument qu'il a emprunté à l'école hellénique, sans le modeler sur un temple païen.

Lorsque nos architectes ont suivi Palladio dans cette intelligente application de l'art grec aux édifices modernes, ils ont créé des chefs-d'œuvre. Ceux que j'ai cités, la colonnade du Louvre, le Garde-Meuble, la Porte-Saint-Denis, attestent le succès de cette école.

On a beau louer ce que l'art byzantin, l'art gothique et les écoles composites ont créé en Europe, on ne trouvera rien qui puisse être sérieusement comparé à l'ensemble harmonieux et imposant de ces magnifiques constructions.

Lorsque je vois des constructions grecques importées en France telles quelles, l'art grec défiguré par l'oubli ou le mépris de ses règles fondamentales, je suis le premier à protester contre la routine ; mais le progrès que je réclame, ce n'est pas le mépris des règles de l'art grec, c'est le progrès dans l'intelligence de ces règles, et dans l'application que l'on peut en faire à nos édifices particuliers et publics.

Si je n'ai pas fait comprendre toute la valeur de l'art grec et le parti qu'on peut tirer de ses trois ordres, en signalant leur analogie avec l'alphabet et la syntaxe d'une langue dont ils offrent toutes les ressources et en montrant que la langue de Phidias était sœur de celle d'Homère, riche, élégante et majestueuse comme elle ; si je devais représenter ma pensée sous une autre image, je pourrais encore comparer les trois ordres à des gammes musicales, dont les lois de l'harmonie règlent l'usage. Dans la main de Phidias comme dans celles de Rossini et de Meyerbeer, elles produisent des effets magiques ; on y trouve le temple de Vénus de Gnide, de même qu'une cavatine de *Sémiramis*, et le temple de Diane d'Éphèse comme un chœur des *Huguenots* ou de *Guillaume Tell.*

Si la poésie et la musique peuvent rencontrer dans l'alphabet et la gamme des sources inépuisables de poëmes et de mélodies, l'architecture peut rencontrer des trésors infinis renfermés dans les trois ordres.

Mais il ne faut pas l'oublier, la langue de Phidias, comme celle d'Homère et comme celle de Rossini, impose le respect de ses règles aux inspirations du génie. Heureux entre tous l'art dont les éléments éprouvés et fertiles donnent aux progrès de l'avenir la garantie des gloires du passé.

III

Mais quel sera le tribunal appelé à prononcer sur l'adoption de l'art grec? Quel sera le pouvoir investi du droit de décréter le choix d'un style quelconque dans les œuvres de l'architecture?

A l'égard des édifices particuliers, un style serait difficile à établir d'autorité; sur ce terrain, la liberté des architectes ne saurait être limitée. L'indépendance des arts libéraux doit être un principe inviolable chez tous les peuples civilisés.

10

A l'égard des édifices publics, l'État aurait bien quelque droit de se prononcer ; mais nous ne vivons pas dans un siècle où le chef de l'État puisse exercer l'autorité dont jouissait Louis XIV, Auguste et Périclès lui-même. Nous ne sommes plus au temps où les rois trouvaient de grands artistes parmi leurs ministres ; nous sommes dans l'ère des concours et des commissions qui les jugent. La souveraineté est là et je ne prétends pas la déplacer.

L'Académie des beaux-arts est donc l'aréopage qu'il convient d'appeler à diriger le progrès artistique de notre époque. Mieux placée que personne pour connaître et déplorer l'anarchie dans laquelle s'agite le monde des architectes, cette Académie a le droit et le devoir d'aviser. Les hommes distingués qui la composent sont les vrais magistrats de la république des arts, et je viens prononcer devant eux le *Caveant Consules.*

Je viens les adjurer de prendre deux mesures qui intéressent au plus haut degré l'avenir des architectes et de l'architecture.

Depuis le commencement de ce siècle, tous les gouvernements se sont appliqués à relever le niveau des études scientifiques abaissées par le cataclysme révolutionnaire. Le cercle des connaissances imposées aux élèves s'est élargi de plus en plus, et, grâce à cette heureuse expansion, la chimie, la physique et la mécanique ont réalisé des œuvres de plus en plus parfaites ; les découvertes les plus importantes ont été obtenues dans la science et l'industrie.

Ce qu'on avait fait, au début, pour la science, on l'a fait également pour les arts. On a institué des professeurs d'architecture, on a décerné des prix et accordé des faveurs ; mais on n'a pas marché dans la voie des arts comme dans celle des sciences ; on s'est arrêté à des études incomplètes. Si quelques artistes de talent se sont imposé à eux-mêmes l'obligation de développer leur instruction, le niveau commun des études est resté au-dessous des exigences légitimes de l'art.

Sans demander aux artistes toutes les connaissances que Vitruve et Palladio avaient reconnues

nécessaires, on doit reprendre la partie la plus es-
sentielle du programme tracé par ces grands maîtres. C'est à cette condition qu'on pourra former des
architectes vraiment dignes de la mission que la civilisation de tous les temps a donnée à l'architecture,
c'est-à-dire vraiment capables de construire des
maisons, des palais, des hôpitaux aussi bien que des
théâtres, des églises et des hôtels-de-ville (1).

(1) On peut avoir une idée du caractère sérieux des études imposées
aux artistes d'autrefois, en lisant les lignes suivantes que M. Nestor
Roqueplan a publiées sur l'art musical :

« Les écoles de Rome, dit Bontempi, obligeaient les élèves à prendre
une heure sur chaque jour et à l'employer à chanter des passages dif-
ficiles, afin *d'acquérir de l'expérience ;* une autre heure à l'exercice
du trille, une autre aux traits d'agilité, une autre à l'étude des Lettres, une autre aux vocalises et divers exercices de chant (nous avons
changé tout cela) sous la direction d'un maître et... devant un miroir,
afin d'acquérir la certitude qu'on ne faisait aucun mouvement vicieux
des muscles du visage, du front, des yeux et de la bouche Tout cela
composait l'emploi de la matinée ; l'après-midi, l'on consacrait une
demi-heure à l'étude de la théorie, une autre demi-heure au contre-
point sur le plain-chant, une heure à recevoir et mettre en pratique
les règles de la composition, une autre à l'étude des Lettres, et le
reste du jour à l'exercice du clavecin, à la composition de quelque
psaume, motet, *canzonnetta* ou de tout autre genre de pièces, suivant
l'idée de l'élève : tels étaient les exercices ordonnés les jours où l'on
ne sortait pas de la maison. Les exercices du dehors consistaient en
outre à chanter dans presque toutes les solennités musicales des
églises de Rome. »

Mais en imposant aux artistes des examens plus sérieux, en leur donnant les moyens de conquérir de véritables diplômes, il serait juste de réserver exclusivement le titre d'architecte à ceux qui les auraient obtenus. Ce serait dignement récompenser le travail; ce serait protéger le domaine de l'art contre les profanations des entrepreneurs sans mérite, sans vocation et sans connaissances.

Quand on songe que la ville de Paris a été obligée de faire un règlement pour rendre à nos maisons et à nos rues l'air et la lumière nécessaires à la vie, on comprend combien il est indispensable de rappeler aux architectes leur devoir, de relever le niveau de leurs études, et de donner aux plus dignes seulement le droit de porter un titre dans la république des arts.

L'Académie devrait même aller plus loin, et réclamer en faveur des architectes éprouvés par de sérieux examens, ce que le gouvernement accorde aux élèves sortis des écoles spéciales, un avenir assuré dans une carrière honorable, et la possibilité de consacrer à des études suivies et fécondes, un temps qu'ils sont obligés de dépenser en travaux vulgaires dont le produit est indispensable à leur existence.

La seconde mesure que je viens recommander à l'Académie des Béaux-Arts, est le corollaire de la première. Le programme des examens que je propose ne serait pas complet, si les principes sur lesquels ils doivent reposer n'étaient pas reconnus ; ce sont ces principes que je prie l'Académie de décréter par le procédé le plus conforme à ses attributions.

Chaque année elle met au concours des sujets de peinture, de sculpture et d'architecture ; j'ose la prier de proposer comme sujet de concours, le choix d'un style d'architecture, en invitant les concurrents à tenir compte, non-seulement des exigences de l'art, mais encore de celles de notre civilisation et de notre climat.

Cet appel, que je prie l'Académie d'adresser aux artistes, sans distinction d'âge ou de profession, aurait certainement pour effet de les engager à jeter un regard en arrière sur ce qu'ils négligent, à étu-

dier ce qu'ils traitent légèrement, et à mieux apprécier les travaux de leurs devanciers.

Les différents styles, qu'on adopte trop souvent
selon le caprice du moment, seraient discutés, leurs
mérites comparés, et la préférence dont ils seraient
l'objet sérieusement motivée.

Cette œuvre importante, qu'un profane ami des
arts vient d'ébaucher ici, serait accomplie par des
artistes plus autorisés ; on sortirait nécessairement
du doute et du vagabondage esthétique qui a stérilisé
le passé et qui menace également l'avenir.

Si un nouveau style ne jaillissait pas du choc de
ces idées, il en sortirait nécessairement une préférence en faveur d'un des styles connus ; les artistes
auraient désormais devant eux des règles hautement
avouées, recommandées sérieusement et savamment
justifiées, soit que l'Académie eût décerné le prix à
un style nouveau dont un génie inconnu nous ferait
la surprise, soit que, revenant aux premières traditions de la renaissance, elle eût donné la préférence
à l'école de Phidias et de Palladio.

Il ne serait plus permis de donner, pour une imitation de l'art grec, une copie d'un monument quelconque, par la seule raison qu'il daterait du siècle de Périclès. On n'apprécierait plus la noblesse des modèles selon leur degré de vétusté, comme on estime, dans un certain monde, la noblesse des familles suivant le nombre de leurs quartiers.

L'Académie me permettra peut-être d'ajouter, qu'elle trouverait encore, dans ma proposition, le moyen de mettre un terme à une lutte acharnée, celle des classiques et celle des romantiques, qui, depuis un demi-siècle, trouble la république des arts comme celle des lettres ; lutte sans utilité et sans issue possible, car c'est la lutte de deux fantômes, de deux noms qui ne répondent à aucune école, à aucun style sérieusement définis.

Le genre romantique représente, en effet, selon les classiques, le mépris des règles les plus élémentaires de l'art, et l'innovation poussée jusqu'au vertige et à la démence.

D'un autre côté le genre classique, au dire des

romantiques, représente la routine, le parti pris le
plus exclusif et la réaction vers l'enfance de l'art.
Les censures ne tarissent pas, de part et d'autre, j'en
passe et des plus belles. Il va sans dire que des deux
côtés on proteste avec une égale énergie. Les romantiques prétendent qu'ils obéissent à un véritable
sentiment de l'esthétique, en cherchant un idéal nouveau, en dehors des genres connus. Les classiques
se vantent de leur côté de marcher en avant dans la
voie des bonnes traditions.

Pour moi, je cherche en vain le genre classique
et le genre romantique, je n'en trouve la véritable
définition nulle part. Plus je regarde de près les
deux fantômes, plus ils s'évanouissent à mes yeux.

Où trouver, en effet, l'école classique et l'école
romantique, leurs principes et leurs modèles? Michel-
Ange et Blondel ne seraient-ils pas romantiques
selon quelques-uns? Vitruve et Vignole ne seraient-
ils pas classiques selon les autres? S'il est permis
d'appeler les choses par leur véritable nom, je dirai
que les mots romantique et classique ne sont pas

deux épithètes, mais en réalité deux outrages que se renvoient les artistes, précisément parce qu'ils sont incertains de la route à suivre. Le genre classique n'existera réellement que le jour où les législateurs de l'art en auront défini et coordonné les lois.

IV

Ces tristes vérités viennent d'être mises en lumière par le décret du 13 novembre, qui a reformé l'École des Beaux-Arts, et il n'est pas permis de passer complétement sous silence le débat qu'il a soulevé, tant il se rattache aux questions que je viens d'examiner. C'est, d'ailleurs, achever de répondre à l'appel de M. le surintendant des Beaux-Arts ; j'abrégerai, autant que possible, ce complément naturel de mes conclusions,

Depuis quelques années, l'épithète de classique n'était adressée à l'École des Beaux-Arts, publiquement du moins, que par des talents incompris, qui se croyaient appelés à faire école, parce qu'ils étaient en révolte contre celle des Beaux-Arts.

C'est bien à tort qu'on reproche à cette Ecole d'être classique, lorsqu'on peut dire que la syntaxe et l'alphabet du genre classique sont encore à créer; lorsque l'École est elle-même venue déclarer hautement qu'elle était chargée de maintenir les principes, les doctrines et l'excellence de l'art français; ce qui revient à dire que tous les styles adoptés en France sont classiques et que les lois de l'orthodoxie académique sont loin d'être cruelles (1).

Ceux qui veulent écraser le monstre classique et qui l'accusent d'avoir troublé les sources de notre gloire, n'ont pas réfléchi qu'il n'existait pas encore, et que le monstre pouvait leur répondre, comme l'agneau de la fable :

Comment l'aurais-je fait
Si je n'étais pas né?

(1) Voir la pétition de l'Académie des Beaux-Arts à l'Empereur. (*Moniteur* du 6 janvier 1864.)

Cependant le gouvernement s'est rangé du côté de l'opposition, il a reproché à l'École des Beaux-Arts de se recruter elle-même et de donner la préférence à ses élèves. Il ne s'est pas rappelé qu'il se révoltait contre son propre ouvrage, et que ses décrets antérieurs avaient réglé les choses de la sorte.

Je serai plus indulgent, ou, pour mieux dire, plus juste. J'admets que les professeurs chargés de se recruter eux-mêmes aient appelé aux places vacantes ceux qui leur paraissaient d'autant plus capables, qu'ils adoptaient le programme qu'ils avaient donné de l'art. Je ne m'étonne pas que, chargés d'enseigner et de récompenser, ils aient nécessairement couronné les élèves qui suivaient le plus scrupuleusement leurs exemples.

L'École des Beaux-Arts, constituée comme un corps savant, a agi comme tel. Les abus qu'on lui impute sont ceux de son institution, il faut les excuser en les réformant.

Je comprendrais jusqu'à un certain point que le

public rendît l'École des Beaux-Arts responsable de notre impuissance en architecture ; et qu'il dise à cette École d'élite : J'avais mieux espéré de votre institution. Mais je ne comprends pas ce reproche dans la bouche de l'administration. Si elle est autorisée à diriger l'École, comme elle le prétend, le vrai coupable, ce n'est pas celle-ci, mais l'autorité qui la dirige.

Quel programme lui avait-on dit de tracer aux élèves, si ce n'est celui que je viens de rappeler ? Quel style devait-elle considérer comme le type du beau ? Quelles traditions devait-elle suivre ? Celles de Rome ou celles d'Athènes ? Ne lui avait-on pas imposé, en quelque sorte, le culte de l'une et de l'autre en créant successivement l'Ecole de Rome et celle d'Athènes ? Quel Dieu pouvait-elle confesser sous l'influence du doute qui était entré dans tous les esprits ? Comment les Vestales auraient-elles veillé sur le feu sacré, dans les temples païens, si les pontifes ne l'avaient pas allumé les premiers ? Pour demander à l'Ecole des Beaux-Arts de conserver le feu sacré de l'art, il faudrait le lui avoir confié, et je ne vois pas de quel ministère a jailli la plus faible étincelle de cette flamme précieuse.

Je suis bien de l'avis du décret du 13 novembre en ce qui touche l'abolition du recrutement de l'École par l'École ; le pouvoir a détruit son œuvre, et il a bien fait ; le mal était grave, l'institution était altérée dans le principe même de sa vie. Les races qui sortent, indéfiniment et sans aucun croisement, de la même souche dépérissent et dégénèrent, c'est une loi de la création ; cela est si vrai que ce n'est pas seulement l'École, c'est l'Académie des Beaux-Arts, c'est l'institut tout entier, j'ose le dire, qui menacent de s'étioler sous l'étreinte de ce fatal recrutement?

Peu importe que l'esprit de coterie s'exerce dans un corps savant ou dans un service public, il détruit peu à peu tout ce qu'il touche :

« Et la garde qui veille aux barrières du Louvre,
« N'en défend pas nos rois. »

Ce qui se passe pour les candidatures à l'Académie des belles-lettres, la plus élevée entre toutes par son rang comme par ses attributions, atteste l'influence de l'esprit de parti et de l'esprit de coterie dans les corps savants. Cette triste expérience, accomplie en si haut lieu, ne laisse, hélas ! rien à désirer.

Je sais bien que les Académies ont des traditions, je sais bien que leur gloire est un patrimoine sacré et qu'elles sont intéressées à veiller sur ce noble héritage ! mais qui donc peut ignorer que, dans les décisions humaines, les passions jouent un grand rôle et trouvent, souvent, dans les esprits les plus élevés, leurs plus humbles esclaves.

Mais revenons à l'École des Beaux-Arts et à la réforme adoptée. Le décret du 13 novembre substitue l'autorité ministérielle à celle de l'École ; c'est le ministre qui nommera le professeur et qui dirigera l'École ; c'est lui qui prononcera souverainement sur toutes les questions que tranchait l'Ecole. D'avance il décrète même qu'il n'y a plus de style, que tous les artistes peuvent s'élancer librement à la recherche de l'inconnu.

Malheur à ceux qui croient que l'art est une allée droite, au terme de laquelle on arrive avec le temps ! On ne dit pas comment on trouvera un chemin plus court que la ligne droite, mais peu importe ; nous sommes dans une ère nouvelle ; quand on a découvert l'électricité, on peut prétendre à tout, même à créer un sixième ordre, celui des cariatides (1).

Il faut rendre justice au gouvernement impérial, cette pensée de réforme vagabonde ne lui est pas venue spontanément à l'esprit, elle est née sur le sol de la monarchie parlementaire de 1830 et de la république de 1848, à côté du phalanstère, du droit au travail et de beaucoup d'autres réformes de ce genre. Cependant, je vais examiner celle du 13 novembre avec déférence, comme tout ce qui vient d'un gouvernement que l'on aime et que l'on respecte, tout en croyant qu'il se trompe.

(1) Les cariatides ont été employées par les Grecs avec sobriété et seulement comme symboles. Aujourd'hui on en met partout en guise de pilastre et même de support. On peut dire que c'est un des plus flagrants abus de la fantaisie et de l'ignorance.

11

V

J'ai dit que l'architecture était l'art le plus élevé, le plus savant, et j'ose en conclure que son École ne doit pas être un service public, mais bien un corps spécial, un corps savant par excellence. C'est de lui que doivent relever les questions qui intéressent l'art ; transférer cette juridiction à un directeur, à un conseil consultatif nommés arbitrairement ou consultativement, c'est exposer l'art aux plus sérieuses vicissitudes. Je doute que Périclès, Auguste et

Louis XIV lui-même eussent voulu assumer la responsabilité d'une semblable juridiction.

A Dieu ne plaise que je demande de rétablir un règlement justement aboli ! Ce n'est pas dans ce but que j'appelle l'École un corps savant ; ce que je demande, c'est qu'on établisse une loi de renouvellement plus libérale, plus conforme à nos lumières et à notre état social que l'initiative ministérielle.

Je loue avec un empressement sincère le ministre qui n'a pas craint d'envisager le mal face à face, et d'abolir le recrutement intérieur de l'École par l'École ; mais je regrette qu'il se soit arrêté en si beau chemin, et je crains qu'il n'ait pas adopté le véritable remède. Je comprends que l'action administrative, substituée à celle de l'École, puisse remédier à certains abus ; mais je crains d'en voir surgir de nouveaux.

Si l'action ministérielle intervient, selon la condition éphémère et changeante des ministres, elle nous fera passer de l'immobilité continue à la mobilité incessante.

Pour nous donner un remède véritable, le décret du 13 novembre devait, ce me semble, consulter l'état de notre civilisation et la tendance des mœurs publiques.

Lorsqu'il s'agit d'une fonction exigeant des connaissances acquises, une capacité reconnue, un mérite notoire, il y a deux manières de procéder : tantôt on a recours à l'examen, tantôt à l'élection, et toujours avec succès.

Pour instituer une école normale et des professeurs de belles-lettres, on fait subir aux aspirants des examens successifs, et l'on n'admet au professorat que ceux qui les ont traversés victorieusement.

Pour instituer un tribunal et une chambre de commerce, on a recours à l'élection ; on appelle les notables de l'industrie et du commerce à nommer leurs magistrats et leurs conseillers.

L'expérience a donné tant de fois raison à ces mesures et à ces systèmes, qu'il serait superflu d'y insister.

Je ne dirai pas, toutefois, d'adopter dès aujour-
d'hui, pour l'École des Beaux-Arts, les procédés admis pour l'École normale ; les éléments d'un examen
ne sont pas définis pour l'une comme pour l'autre ;
il faut auparavant dissiper tous les doutes à ce sujet ; c'est pourquoi je propose d'adopter un programme, celui de Vitruve ou tout autre, et de
s'expliquer sur les styles d'architecture, comme j'ai
essayé de le faire dans ce travail.

Je ne présenterai pas non plus ici la formule d'une
loi électorale ; je me borne à demander que cette loi
soit modelée sur celles qui appellent des hommes
compétents à former des colléges électoraux ; en
d'autres termes, que les candidats à l'Académie et à
l'École des Beaux-Arts soient soumis au choix de
leurs pairs.

Dans l'état actuel des choses, chacun peut dire
que l'opinion est de son côté, on s'arrache cette
pauvre opinion sans qu'elle puisse réclamer. Je propose de lui offrir une occasion unique de s'expliquer,
en donnant le droit de suffrage à tous les hommes

compétents en matière d'art, dût-on se borner, d'abord, à donner le droit d'élection à toutes les sections de l'Institut réunies. Ce concours des représentants des lettres, des sciences et des arts, serait justifié par les relations intimes et nécessaires qui les rapprochent naturellement.

Au grand jour d'un suffrage plus étendu, l'esprit de parti et l'esprit de coterie, qui s'exercent dans les conciliabules académiques et dans les bureaux ministériels, seraient encore plus sûrement frappés d'impuissance. Un collége électoral, formé sur les bases de ceux qui procèdent à l'élection des tribunaux et des chambres de commerce, s'efforcerait toujours de chercher les capacités, jamais de recruter les opinions.

Toutefois, on peut admettre l'élection par toutes les sections de l'Institut, comme un premier pas vers une réforme sérieuse des lois qui régissent le domaine de l'art.

L'autorité, qui émanera d'un collége électoral des Beaux-Arts, quelque restreint qu'il soit, sera toujours préférable à l'autorité d'un ministre, si éclairé qu'il puisse être, à celle d'un conseil ministériel, si bien qu'on réussisse à le composer, et à celle d'un corps savant, si loyalement qu'il se recrute lui-même.

Il faut un commencement à tout. Lorsqu'on a fondé la magistrature qui, sous le nom d'Institut, gouverne la grande république des lettres, des sciences et des arts, on a créé cinq pouvoirs qui se sont isolés de plus en plus, et qui ont formé peu à peu, comme cela arrive souvent dans les républiques, de véritables oligarchies dont l'absolutisme est peut-être sans limite, mais dont la solidité est loin d'être reconnue.

Si l'harmonie est la règle du beau, elle est aussi la loi de la force.

Avec le temps, les plus beaux monuments tendent à s'écrouler ; les plus durables sont ceux dont la base est la plus large ; c'est ainsi que les pyramides d'Égypte ont défié la puissance destructive des siècles.

L'architecte qui a fondé l'Institut l'a composé de cinq colonnes isolées, dont les bases ne sont pas en rapport avec les hauteurs. Réunir ces colonnes par des liens qui les consolident, c'est restaurer, c'est continuer l'œuvre du premier architecte. L'Institut lui-même devrait approuver cette première réforme, ou, pour parler franchement, cette urgente restauration.

Je dois le dire également, si je désire un suffrage plus étendu, ce n'est pas seulement pour accumuler les garanties d'un bon choix. Je rattache à ce suffrage de plus hautes espérances. J'y vois surtout une occasion d'intéresser au progrès des beaux-arts, non-seulement ceux qui les cultivent, mais encore le public tout entier.

Le bon goût est assurément un apanage héréditaire de la nation française ; mais on l'égare facilement lorsqu'on flatte une autre tendance non moins héréditaire chez elle, lorsqu'on parle à son amour irréfléchi de la nouveauté, à ce maître capricieux et aveugle qui lui fait accepter du jour au lendemain, avec un égal fanatisme, les métamorphoses les plus étranges.

Un moyen d'opposer une digue à ce torrent qui répand l'erreur et le mauvais goût, ce serait assurément la proposition que je fais d'ouvrir libéralement les portes du domaine de l'art à tous ceux qui peuvent y cultiver le champ le plus modeste, c'est-à-dire d'instituer, peu à peu, une sorte de suffrage universel, qui assurerait l'autorité de l'École en élargissant sa base.

S'il est vrai que la possession d'un droit ait toujours pour corollaire le sentiment d'un devoir, ce droit d'entrée inspirerait encore au plus grand nombre le désir d'étudier tout ce qui est beau, afin de ne pas faillir à une noble mission. Le niveau général de l'intelligence des beaux-arts s'élèverait ainsi dans tous les rangs de la société, et apporterait un précieux complément à l'institution des écoles et des académies qui ont été la source de nos gloires passées, et qui sont la sauvegarde de nos gloires présentes.

VI

Je résume mes conclusions en quelques mots.

Je propose un concours d'architecture, afin d'arracher notre époque à une indifférence et à un athéisme esthétique qui ont frappé notre génie national d'impuissance.

Je demande que ce concours soit jugé par l'Académie des Beaux-Arts, qui me semble, à cette heure, le juge le plus compétent entre tous ; et je mets à sa disposition une médaille de 1,500 francs à offrir à celui qu'elle aura couronné.

Je demande que ce concours ait pour conséquence de nous donner un code d'architecture, et par suite un programme pouvant servir de base à des examens sérieux.

Je demande, enfin, que les architectes éminents qui auront subi les épreuves nécessaires, soient traités comme ceux qui ont subi les épreuves des écoles spéciales ; qu'un avenir d'études et de travaux sérieux leur soit assuré, et que le chemin qui conduit toutes les professions aux plus hautes dignités de l'État ne leur soit pas injustement fermé.

La poésie qui donne une forme sensible aux rêves de l'imagination, et la science qui découvre les lois de la nature, ne demandent pas à leurs élèves des connaissances essentielles au maniement des affaires publiques ; et cependant ces Muses ont fait l'éducation de plus d'un homme d'État parmi nous.

L'art de construire, au contraire, tel que l'avaient compris les Grecs et les Romains eux-mêmes, exige des connaissances qui se rattachent étroitement à la vie des peuples ; et cet art, qui devait planer au-dessus de tous, a perdu de nos jours le prestige qui séduisit les hommes politiques de la Grèce et de l'Italie.

Je ne prétends pas qu'on remonte le cours des siècles et qu'on appelle nos hommes d'État à s'instruire aux leçons de Phidias et de Palladio ; mais je demande qu'on facilite aux disciples de ces grands maîtres, l'accès des fonctions élevées où le progrès et l'honneur de l'art les invitent à monter.

APPENDICE

EXTRAIT DU RAPPORT

DE M. LE SURINTENDANT DES BEAUX-ARTS

(*Moniteur* DU 15 NOVEMBRE 1863)

« Nous supposons que tous les cours de l'École, ceux qui existent déjà et ceux dont nous réclamons la fondation, soient faits avec conscience et talent. A mon avis, ce ne sera pas encore assez. Le champ de l'esthétique est immense, et chacune de ses parties peut être envisagée à des points de vue fort différents. Tout homme qui a fait une étude sérieuse des Beaux-Arts a quelques idées qui lui sont propres et qu'il serait utile de répandre. Nous voudrions notamment que l'administration fît appel à tous les hommes de bonne volonté qui consentiraient à faire gratuitement de telles communications. Dans la plupart des cas, quelques conférences suffiraient pour exposer les notions ou les théories nouvelles, et il y aurait lieu seulement d'ouvrir une salle et d'afficher un programme.

« Pour mieux expliquer ma pensée, citons au hasard quelques exemples des leçons qui, à notre sentiment, pourraient être faites avec utilité : Un érudit s'est occupé de recherches sur les costumes des anciens ; qu'il en fasse part aux amateurs de la vérité historique. Un chimiste a trouvé des couleurs nouvelles, ou bien un amateur a découvert quelques procédés des maîtres anciens ; qu'ils en démontrent publiquement les avantages. Un médecin a étudié le mouvement des muscles produits par les différentes passions ; il aura plus d'une leçon intéressante à faire. Un critique, enfin, s'est-il fait une théorie du beau : qu'il l'explique. Nous verrions très-peu d'inconvénients à ce que, dans la même enceinte, on développât des systèmes très-différents ; que, par exemple, on prêchât tour à tour l'imitation servile de la nature et la recherche d'un type idéal. »

ÉTYMOLOGIE

OU

EXPLICATION DE QUELQUES TERMES AFFECTÉS PARTICULIÈREMENT A L'ARCHITECTURE (1)

« La base, qui est le premier des membres d'un
« ordre, vient du grec βάσις, c'est-à-dire le soutien,
« l'appui ou le pied de quelque chose. Ce nom
« βάσις est tiré du verbe βάμειν.

« La plinthe est une partie de la base appelée en
« grec πλινθος, qui signifie une brique, à cause peut-
« être qu'aux premiers temps les architectes y em-
« ployaient une brique, ou plutôt, à mon avis, parce
« qu'elle ressemble à une brique.

(1) Par Roland Freart, sieur de Chambray.

12

« Le tore est encore une partie de la base et se
« nomme en grec τορος, c'est-à-dire un tour à tour-
« ner en rond, parce que le tore semble avoir été
« tourné au tour.

« La scotie, qui suit ordinairement le tore, vient
« de σκοτία, c'est-à-dire obscurité, parce qu'étant
« creuse, elle prend de l'ombre et paraît obscure.
« On l'appelle encore un trochile, du mot grec
« τροχιλος ou τροχιλια, qui veut dire une poulie, dont
« elle a la forme.

« L'astragale vient du mot ἀστράγαλος, qui signifie
« le talon ; aussi quelques ouvriers le nomment talon.

« L'apophyge vient de αποφυγι, c'est-à-dire suite.
« La plupart des ouvriers l'appellent congé ou escape,
« à cause que la colonne, sortant par là de sa base,
« commence à monter et à échapper en haut. J'ai
« toujours nommé cette partie la ceinture de la
« colonne.

« La volute n'est pas un nom qui vient du grec,
« mais seulement du verbe latin volvo, lequel signi-
« fie tourner ; mais la cathète de la volute, en grec

« χαθετος, signifie une perpendiculaire ou ligne à
« plomb.

« L'abaco du chapiteau vient du mot ἄϐαξ ou
« ἀϐάκιον, qui signifie un tailloir ou tranchoir carré,
« à quoi ce couronnement de chapiteau est si sem-
« blable, que les ouvriers le nomment aussi com-
« munément le tailloir.

« L'architrave n'est pas un terme tout grec ; il
« est encore demi-latin et signifie la première ou
« maîtresse poutre. Il est composé du grec ἀρχή,
« c'est-à-dire commencement, et du latin *trabs*,
« qui est une poutre. Les Grecs le nommaient επισυ-
« λιον, c'est-à-dire sur la colonne, parce que ce
« membre pose immédiatement sur la colonne.

« Le triglyphe est un certain ornement qu'on met
« toujours dans la frise de l'ordre dorique ; il vient
« du grec τριγλυφος, c'est-à-dire à trois gravures,
« parce qu'en effet cet ornement en a la valeur de
« trois : deux entières dans le milieu, avec deux
« demi sur le côté.

« La métope est un espace dans la même frise qui

« fait la séparation de deux triglyphes. Le mot grec

« μετωπον ou μετωπιον, signifie le front, parce que,

« dans cet espace, on mettait souvent des têtes

« ou massacres de bœufs. D'autres veulent que son

« étymologie prenne de μέτα et de ὄπη, comme qui

« dirait entre les trous, parce que l'espace où l'on

« appliquait ces têtes se trouvait entre les trous par

« où passaient les solives, le bout desquelles était

« figuré en manière de triglyphes.

« La cimaise vient de κυμάτιον, qui veut dire onde,

« dont cette partie semble former quelque représen-

« tation par la sinuosité flexueuse de son contour.

« Elle est appelée communément par les ouvriers une

« gueule ou une doucine. Il en est de deux espèces.

« La première et la principale a sa cavité en haut

« et fait toujours le couronnement de la corniche

« d'un ordre ; d'où vient qu'on l'appelle d'ordinaire

« l'entablement, parce qu'elle en est le premier

« membre. Quelques ouvriers la nomment la gueule

« droite, pour la distinguer de la seconde qui a son

« contour tout au contraire et sa cavité en bas,

« de sorte qu'elle paraît renversée à l'égard de la
« première. On l'appelle aussi, pour cet effet, la
« gueule renverse. Mais ce mot de gueule ne sonne
« pas bien en notre langue, et comme il ne vient que
« de l'italien *gola* qui signifie seulement la gorge, à
« quoi il semble que ces doucines ont quelque rap-
« port, j'ai mieux aimé me servir de notre terme
« qui est plus doux, et laisser aux Italiens leur *gola*
« dont nous n'avons point affaire. »

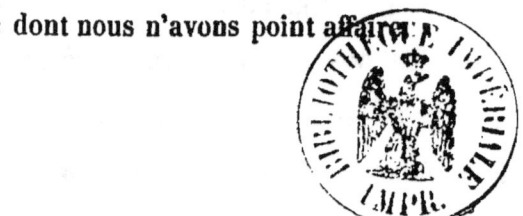

FIN

TABLE DES MATIÈRES

ERRATA

Page 113, 1re ligne, *au lieu de :* dix-septième, *lisez :* seizième.
Page 113, 13e ligne, *au lieu de :* dix-septième, *lisez :* seizième.
Page 132, 12e ligne, *au lieu de :* règles insaisissables, *lisez :* les
règles insaisissables du goût.
Page 167, 13e ligne, *au lieu de :* l'institut, *lisez :* l'Institut.
Page 167, 20e ligne, *au lieu de :* nos rois, *lisez :* les rois.

PARIS

IMPRIMERIE DE LOUIS TINTERLIN

RUE NEUVE-DES-PETITS-CHAMPS

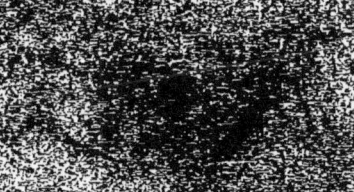

www.ingramcontent.com/pod-product-compliance
Lightning Source LLC
Chambersburg PA
CBHW070850030726
47504CB00005B/1294